嘉庆叔叔给孩子的写作课

读历史 写故事 练口才 学写作

张嘉庆◎著

中国妇女出版社

图书在版编目（CIP）数据

嘉庆叔叔给孩子的写作课 / 张嘉庆著. -- 北京 ：中国妇女出版社，2018.11
ISBN 978-7-5127-1644-5

Ⅰ.①嘉… Ⅱ.①张… Ⅲ.①文学写作学－青少年读物 Ⅳ.①I04-49

中国版本图书馆CIP数据核字（2018）第221280号

嘉庆叔叔给孩子的写作课

作　　者：张嘉庆　著
责任编辑：王海峰
封面设计：尚世视觉
责任印制：王卫东
出版发行：中国妇女出版社
地　　址：北京市东城区史家胡同甲24号　　邮政编码：100010
电　　话：（010）65133160（发行部）　　65133161（邮购）
网　　址：www.womenbooks.cn
法律顾问：北京道可特律师事务所
经　　销：各地新华书店
印　　刷：北京中科印刷有限公司
开　　本：170×235　1/16
印　　张：16.5
字　　数：250千字
版　　次：2018年11月第1版
印　　次：2018年11月第1次
书　　号：ISBN 978-7-5127-1644-5
定　　价：56.00元

序 一

讲好故事与写好作文的关系

——写给家长们的一些话

通过讲国学故事来提高孩子的语言表达能力，这件事我已经做了很多年。在我的教学实践中，我从来不要求孩子刻意地去背诵，而是通过理解和消化把故事的内容变成属于自己的语言，再展示出来。我发现经过一段时间的训练后，能够掌握语言表达规律的孩子，都会在写作方面表现出不错的成绩。

当一个现象多次反复发生的时候，就一定有其内在规律存在。

经过进一步的观察和研究，我发现讲故事与写作文之间，有着密不可分的关联。

写作练习，不一定要用笔

文字，是承载语言的图像与符号。这个定义既说明了语言和文字的产生

顺序，也说明了二者的关系。文字记录语言，而后便有了文章。

在日常，我们经常见到这样一种现象：一个能写好文章的人，未必能够拥有过人的口才；一个舌灿莲花、言之有物的人，却往往文采斐然。正所谓：脱口可以成章，脱笔却未必能言。

在这里要跟家长们澄清一个概念，那就是——“究竟什么才是口才？”

首先，死记硬背，一字不差，肯定不能算口才。其次，抬杠、拌嘴、吵架，甚至胡搅蛮缠，耍贫嘴，也同样不是口才。很多家长以为，自己的孩子嘴里总是不停地絮叨，“常有理，老正确”就是口才，这更是大错特错。这样的孩子，往往是表现欲较强的孩子，或者说有一定语言天赋的孩子，但不经过训练和调整，任其发展，他的语言天赋不仅不会使孩子朝一个正向的方向发展，反而会与我们的期待背道而驰。

真正的好口才，一定是能够有理、有力、有节地阐述自己的思想，描述自己的见闻。

在教学实践中，我发现，所有拥有良好的口才的孩子，无一例外都表现出不凡的写作能力。那是因为，他们练习口才的过程中，开发了逻辑思维，增加了词汇量，提高了表达技巧，这些其实和写作训练是完全一致的。这样会使得孩子的写作能力得到非常大的锻炼。

所以，写作训练未必要用笔，用“嘴”也是一个非常不错的方式。

“无他，唯手（嘴）熟耳”

《卖油翁》里，那个老者神乎其技的倒油手法，完全没有什么神奇的，就是练得多了，自然就成了！

所有的技术都是一样的道理，练得多了自然也就成了。写作，更是如此。每一种体裁、每一个题材、每一道题目，都需要经过反复的锤炼，不断的修改、推敲，才能逐渐拨开云雾见到青天。没有几十万、上百万字的累积和磨炼，是不可能诞生一个好作家的！

这就引发了一个新的问题，如何能够让我们的孩子更快更多地得到更大量的训练呢？用“说”的形式，一定会比用“写”的形式得到的训练量更大。说可以随时随地练习，看见一朵花、一个人、一座山……随时都可以进行观察，并用嘴说出其特点。同样，遇见一件事，随时都可以进行记录。如此以往，练习的量当然也就大了。头脑中所拥有的写作素材和技巧，自然也就越积越多、取之不竭了。

好作品都来自不经意

王羲之在写《兰亭集序》时，是酒过三巡之后，带着微醺的醉意，下笔如有神助，在醒来后再写却怎么也达不到那种物我两忘的境界了。

很多文学家、大画家、音乐家，往往都是在不经意之间，创作出流芳百世的不朽杰作。说，这种形式相对于写而言，多了几分随意和自然，多了几

分轻松和写意。因此，在做训练时，也就少了许多的压力。近代儿童心理学奠基人皮亚杰曾说过：“孩子在相对轻松的状态下，进行学习和训练的效果，要远高于在正式、紧张的状态下。”

无疑，相对于写，孩子当然更愿意说。轻松状态下的写作训练，也就是说的训练，自然能给孩子带来意想不到的收获。

最后强调一点

以上都是我在长期的教学实践中，观察并总结出来的，孩子在口才好的同时，写作能力自然不会差。本书的内容，是我个人根据多年来的教学和写作经验，进行实践、总结和提炼出来的，是以说的形式为主要训练手段来进行的。本书更多的是把帮助孩子进行创作思考的过程，通过创作故事的表现形式呈现出来。

但在这里，也必须强调一点，那就是不论说的效果再怎么突出，再怎么优秀，都无法代替“写”。因为写作，最后还是要落在纸面上，呈现给读者。我们通过说来训练孩子的作文能力，其最终目的也是要让孩子将表述的内容，最终落到纸上。

好了，说了这么多，无非是希望孩子能拥有更加轻松的、系统的学习方法，以此来训练和提高写作水平。

能够切实帮到更多的孩子，是我最大的心愿！

序　二

跟热爱故事的你，聊聊天

——写给孩子们的一些话

同学，恭喜你。

当你读到这一页的时候，你已经开启了一个神奇的旅程——故事的创作。相信，你脑海里一定也有过这样的灵光一闪——某一个可爱、生动的形象在你的脑海里，突然就活蹦乱跳起来，而这个形象只在你的头脑里出现过；某一个故事中的情节，是那么的令你心潮澎湃，而这个情节是只属于你自己的；关于某个人物的一段话，令你心生感动或者忍俊不禁，而这种感觉却从没有和别人分享过……

你坚信，这些内容如果能够用笔写出来，在全班、全校乃至于全世界人面前大声朗读出来，一定会令所有的聆听者为之震撼，会有很多的人为你鼓掌喝彩。可是，当你动笔时，你却突然发现，不知道究竟该如何开始；或是

当你写到一半时，却不知道故事该如何发展或者收尾；又或者是你写着写着，却发现写不下去了，完全没了最初动笔时的激情和信心……

在这里，嘉庆叔叔告诉你一个秘密，我小的时候，也有很多的灵感随时随地爆发，也特别想把自己想象到的人物、情节编成精彩的故事，分享给同学、家长和老师，甚至想让更多的人听到我创作的故事。但是，太多的困难摆在我的面前，我却不知道如何解决。后来，嘉庆叔叔长大了，成了一名故事大王——不仅给大家说故事，而且也成了一个专门创作故事的人（编剧和小说作者）。在这本书里，嘉庆叔叔将把自己许多年来创作故事的经验，用最简单、最实用，并且最有趣的方式讲给你听。

而且，在这里嘉庆叔叔还要告诉你的是，我并不需要你用写的方式，而是用说的方式——也就是用嘴来代替笔，把你所想象的人物、情节直接说出来，这样在练习写作的同时，也练习了表达。当然最重要的是，“说”要比“写”愉快得多，你说对不？等你真的觉得自己说出来的故事，确实非常精彩，所有人听了都鼓掌叫好的时候，再用笔把它记录下来，不就成了一篇真正的文字作品了吗？所以，跟着这本书学习的同学完全不会有用笔写作的压力。

在这篇文章的最后，请你答应嘉庆叔叔一件事。那就是，跟随着这本书的步伐，创作出来的每一个故事，都要尝试着讲给别人听，比如爸爸妈妈、爷爷奶奶、最好的朋友或者全班的同学等。

如果你觉得自己在讲故事的时候，有些无法驾驭，或者讲得不如自己期望的那么好，可以去读读嘉庆叔叔的另外一本书《嘉庆叔叔教你讲故事，练口才》。

好了，咱们闲言少叙，这就开始吧。

目 录

第一章　文章的叙述方法

第二章　写人的方法

第三章　写物的方法

第一章

文章的叙述方法

很多同学在学习写作的时候，都是先从文章开头的写法学起的。这种做法是一种途径，但嘉庆叔叔的方法却另有不同，也许会对你更有帮助，那就是从叙述的顺序开始学起。

这里面的原因，来听嘉庆叔叔告诉你。

有的同学想象力是非常丰富的，往往能从一个小小的事件或细节发展出好多的情节和内容。在故事创作的世界里，我们的想象力完全可以尽情地发挥，尽情地释放。但是，创作故事就像放风筝，既要放得出去，还得能收得回来。也就是要知道，一个故事——它的内容究竟该怎么讲才更有趣?

有了想象，也就有了内容，也就是明确了一个故事要讲什么。一个故事，只要明确了要讲什么，紧接着就要明确叙述的顺序。叙述的顺序说得简单些，就是先说什么，再说什么，最后说什么，自然也就有了开头，有了过程，有了结尾。至于开头或结尾是否足够精彩，是否足够吸引人，那就是下一步要做的事情了。这样，那只象征着想象力的“风筝”，不管飞得多高多远，也能随时被我们自如地收回来。

那么，如何将一个故事的内容按照一定的顺序，有条理地讲出来呢？下面就让我们从第一个故事开始学起吧。

第一个故事：塞翁失马

——时间顺序

原文

近塞上之人有善术者，马无故亡而入胡。人皆吊之，其父曰："此何遽不为福乎？"居数月，其马将胡骏马而归。人皆贺之，其父曰："此何遽不能为祸乎？"家富良马，其子好骑，堕而折其髀。人皆吊之，其父曰："此何遽不为福乎？"居一年，胡人大入塞，丁壮者引弦而战。近塞之人，死者十九。此独以跛之故，父子相保。

——《淮南子·人间训》

这是一个非常有名的小寓言故事。为了便于理解，下面我把这个小故事用现代语言翻译一遍。因为这本书不是专门讲述古文的，所以就略

去了古文注解，直接将现代文版本展示如下。本书后面的故事，都是同样操作。如果同学们喜欢古文阅读，市面上有很多的相关书籍可供大家选择。

现代文翻译

在靠近边境的地方有一个非常聪明且善于思考的老人。有一天，他的马无缘无故地跑到了胡人的领地。人们都来慰问他，这个老人却说："这怎么就不会是一件好事呢？"几个月后，老人的马带着另一匹马回来了。人们都来祝贺他。老人又说："这怎么就不会是一件坏事呢？"

老人家里有了好马，他的儿子又很喜欢骑马。后来，有一次，老人的儿子骑马时从马上掉了下来，摔断了腿。人们又都来慰问他。老人却说："这怎么就不会是一件好事呢？"

一年后，胡人大举入侵边境一带。所有强壮健康的年轻男子都拿起武器，奔赴战场。久而久之，靠近边境的人十之八九都死了，只有这个老人的儿子因为腿瘸的缘故，没有去打仗，父子两个人因此保全了性命。

这就是《塞翁失马》的故事，在最初的古文中，这个故事只有一百多字，却流传了两千多年，这说明故事的内容是非常经典而且有趣的。这样的内容，就很适合我们拿过来作为练习故事创作的原始素材。我们讲故事的时候，当然不能直接给大家背古文，那样干干巴巴的多没意思，也没人爱听。这就需要我们进行二次加工了。在别的素材的基础上进行二次创作的方式，被称为“二度创作”。

二度创作的方式，非常适合我们初学创作的同学进行创作练习，所以在下面的几个章节中，我将大量地采用这种二度创作的方式进行创作练习。当然，我在适当的时候，也会给大家足够的空间，让大家完全依照自己的意图和想象来创作。

我们还是回到这个章节的主题——叙述的顺序。叙述的顺序一般有以下四种：时间顺序、方位（空间）顺序、事物流程顺序以及逻辑顺序。很明显，《塞翁失马》这个故事采用的就是时间顺序。我们所接触到的故事，绝大多数都是用这种方式来叙述的。如何判断一个故事是不是以时间顺序来叙述的呢？很简单，采用这种叙述顺序的故事，我们在每一个推进的情节中，都可以看到一个明确的时间点。比如，《塞翁失马》这个故事的事件主要有：老人丢马、马匹失而复得、老人的儿子摔断腿以及父子保全性命。这四个事件，就是严格按照时间的先后顺序来推进的。

相应地，这个故事里的时间点包括：有一天（这是本故事的第一个时间点，在古文中省略了，但实际上一定是存在的）、几个月后、后来有一次和一年后。

我们在创作一个故事的时候，最简单而且清晰的叙述方式，就是按照故事发生和发展的时间进行叙述。比如写《难忘的一天》，就可以按照这样的顺序来写：清晨……上午……中午……下午……傍晚……时间的表述不必只限于时间名词本身，比如写《一件小事》，就可以按照“先……后来……再接下来……最后……”这样的顺序来写，这也是典型的时间顺序。

有的同学可能会说，这样的叙述很容易给人一种记流水账的感觉。我想告诉同学们的是，学会写流水账，是学会写作的必由之路。不要怕写流水账，如果能够把一个事件的内容完整记录下来，接下来再经过详与略、主与次的练习后，很快就会进入下一个更高的创作阶段了。

还是说回《塞翁失马》这个故事。明确了时间顺序，再加上一点点情节上的补充，一个条理清晰、内容明确的故事就诞生了。下面，嘉庆叔叔就把根据那一百多字的古文，二度创作出来的《塞翁失马》呈现出来，和你分享。

当然，你完全可以根据自己的理解和想象，在不改变故事本身的情节和内涵的前提下，创作一个属于你自己的《塞翁失马》。

塞翁失马

在很久很久以前，我国的边境地带有一个老人，人们都叫他塞翁。他非常聪明而且非常善于思考问题，他说出的一些话，常常让人无法理解，甚至有点儿匪夷所思。

塞翁的家里养了一匹马，这匹马既强壮又漂亮。塞翁和他的儿子都非常喜欢这匹马。

有一天，塞翁的儿子出去放马。结果，快中午的时候，他的儿子惊慌地跑了回来，大喊着：“爸爸，爸爸，咱们的马跑了！跑到了远处胡人的地界去了！”

塞翁家的马丢了，很多邻居都来慰问，他们说：“塞翁啊，真是可惜啊，那么好的一匹马，就这么没了。这可真是一件坏事啊！”谁知塞翁却微笑着说：“谁知道这件事会不会是一件好事呢！”

大伙儿听了这话都非常奇怪，以为塞翁可能是因为丢了马，急糊涂了。

可是令人意想不到的事情却发生了。

几个月后的一天，塞翁的儿子突然从外面跑了回来，同样是边跑边喊道：“爸爸，爸爸，咱们家的马又回来了，而且还带回了一匹马！”塞翁跟着自己的儿子走出家门一看，自己那匹心爱的马果然回来了，身旁还多了一匹更加漂亮健壮的骏马。

那些邻居们听说了这事，赶紧跑来向塞翁祝贺：“塞翁，你们家可真是好福气啊。丢的那匹马自己回来不说，还多带回来一匹马。这真是一件天大的好事啊！”

塞翁听了他们的话，捋了捋胡子说道：“又有谁知道这件事会不会是一件坏事呢！”那些邻居听了这话，都很不高兴，觉得这个老人实在是太扫兴了。

打那以后，塞翁的儿子天天都外出放马，而且还经常骑马在大草原上飞驰，有时甚至跑去很远的地方。

突然有一天，有人跑来对塞翁说：“塞翁，快去看看吧，你儿子从马上摔下来了，把腿给摔断了。”当看到自己摔断了腿的儿子时，塞翁非常心疼。邻居们都非常惋惜地说：“塞翁啊，你的儿子年纪轻轻就因为骑马摔断了腿，这可真是一件天大的祸事啊！”

哪知道，塞翁却抬起头来，对大家说：“又有谁知道这不会是一件好事呢！”周围的邻居们都认为这是塞翁太过悲伤，在说胡话。

扫二维码
听嘉庆叔叔讲故事

一年后，胡人发动了战争，侵略我国的边境。国家征调边境的老百姓上前线抵抗胡人的侵略。国家征兵，当然是要征用那些健康强壮的年轻人。这些人上了战场，由于战斗非常激烈，死伤非常惨重，被征走的人当中十之八九都死在了战场上。然而，塞翁的儿子因为腿有残疾，不能上战场，成了村子里唯一活下来的年轻男子。

塞翁的几次预言，都出人意料的准确。大家都说他是神仙，能够预知未来。其实，他只不过是根据事物发展的规律，做出了自己

的判断而已。

跟嘉庆叔叔练写作

一、先按照时间顺序根据自己的理解口述一下《塞翁失马》这个故事，然后再用文字表述出来，形成一个故事作品。

二、尝试用时间顺序口述一下《亡羊补牢》这个故事。时间顺序如：牧羊人发现丢失一只羊，勘察羊圈，未进行修补，又丢了更多的羊后，再修补羊圈，此后不再丢失羊。

三、按照时间顺序，描述你某一天都经历了哪些事情。可先用口头表述，然后再用文字记录下来。

第二个故事：邯郸学步

——方位（空间）顺序

原文

且子独不闻夫寿陵馀子之学行于邯郸？未得国能，又失其故行矣，直匍匐而归耳。

——《庄子·秋水》

现代文翻译

燕国寿陵有个少年，听说邯郸人走路很好看，就赶去邯郸跟人家学习走路的步法。可是，他不仅没有掌握邯郸人走路的独特技能，而且忘记了自己原来走路的步法，结果只好爬着回家了。

《邯郸学步》这个成语故事相信很多同学都已经耳熟能详。但是今天我们看到它的古文原文后，是不是有些吃惊呢？原来它最初只有区区三十二个字。根据这么少的文字量，如果想要创作出一个精彩纷呈的故事，那就意味着，我们要进行二度创作的工作量是比较大的。当然，这也意味着我们的想象力可以发挥的空间是巨大的，其实这是一件非常有意思的事情。

上一小节里讲的《塞翁失马》的故事，我们根据故事的原文采用了时间顺序来讲述。这里的《邯郸学步》，当然也可以采用时间顺序来讲述。但这一次，我们换一个不太一样的方式。

嘉庆叔叔也是想通过这一次的训练，告诉同学们一个非常重要的技巧：那就是一件事情或者一个故事，完全可以采用不同的叙述方式来表达。对于一个故事或者一件事情，具体采用什么样的方式来叙述，完全可以根据自己的偏好，还有对内容的理解来选择，也就是说完全由我们讲述者说了算。怎么样，好玩吧？这也是进行故事创作最有意思的地方之一。

我们下面就开始吧。

《邯郸学步》这个故事的主要内容是讲一个年轻人学习步伐的过程，但是原文并没有对这个过程进行描述。虽然原文没有写，但是我们完全可以发挥想象力想象一下，这个年轻人在学习别人走路步法的过程中，一定表现得非常滑稽。他肯定是在不同的地方，和不同的人进行了学习。这些地方，可能是闹市，也可能是大桥上，还有可能是小河边；学习的对象可能是壮汉，也可能是少女，还可能是小孩子。但是，学习的结果无一例外——全都失败了，最后导致连他自己本来的步法都给忘了，只能爬着回家了。既然他可能是在不同的地方学习步法的，不如我们就直接采用方位（空间）顺序来进行叙述。

在这里嘉庆叔叔告诉你一个小技巧，也可以说是一个小原则，在同一个故事的叙述中，类型相同、细节不同的情节，通常设置三到四个就好了，太多或太少都不太合适。比如上一个故事《塞翁失马》中，同样类型的转折就是用了四次。咱们这次要讲的《邯郸学步》，嘉庆叔叔会采用三个类型相同的情节。

好了，下面就来读一读嘉庆叔叔二度创作的《邯郸学步》吧。

嘉庆叔叔写故事

邯郸学步

相传在很久很久以前，燕国有一个年轻人，他听说都城邯郸的人走路的步法特别好看，便想去邯郸学习人家走路。

当他到了邯郸之后，他发现这里每个人走路的样子都不一样，但都非常好看，便开始认认真真地学了起来。

年轻人来到一个闹市，迎面看到了一个大汉晃晃荡荡地走了过来。这个大汉走起路来步子迈得很大，走路的时候两条胳膊用力地甩着，非常威武。他就悄悄地跟在大汉身后，抡起胳膊，大踏着步子，走了起来。但他走了没两步，就跟不上了，因为他的个子没有那么大，步伐也就迈不了那么大。

后来，他又来到了一座小桥上，看到前面有一位少女。这少女走起路来就像柳树在微风中轻轻摇动一样，婀娜多姿。年轻人便学起那位少女走路，他双手叠在一起放在腰的右侧，轻轻地扭动腰身，迈开细小的步子。可是走了不多一会儿，他就累得不行了，他走得太费劲儿了。

好容易才缓过来，年轻人又踉踉跄跄地来到了小河边。他在这里看见一位老者。这位老者留着长长的胡子，迈着不大不小的步子，走得特别缓慢，显得非常有学问，让人一看就肃然起敬。于是，年轻人又跑上前去学着老者迈开了步子。但没走多久他就发现，自己实在学不来那慢条斯理的样子。老者那慢慢悠悠的样子，年轻人要是再学下去，简直要把自己累死。

就这样，年轻人看见谁就想学谁，但学谁都学不像，到最后，他居然连自己当初是怎么走路的都给忘了，两条腿完全不听使唤。甚至于最后他只得趴在地上，爬回了家。

扫二维码
听嘉庆叔叔讲故事

跟嘉庆叔叔练写作

一、请根据自己的理解用方位（空间）顺序讲述一下《邯郸学步》这个故事。另外，在你所熟识的经典成语中，想一下有哪些故事还可以用空间顺序来讲述？

二、尝试用方位（空间）顺序讲述一下《夜郎自大》这个故事，比如，可以尝试想象夜郎国的国王，在不同的地方彰显自己骄傲自大的情绪，如：国家的边境、大山脚下、大河岸边等。

三、试着用方位（空间）顺序描述一下你每天早晨起床后到走出家门再到学校的过程。

第三个故事：曹冲称象

——事物流程顺序

原文

曹冲生五六岁，智意所及，有若成人之智。时孙权曾致巨象，太祖欲知其斤重，访之群下，咸莫能出其理。冲曰：“置象大船之上，而刻其水痕所至，称物以载之，则校可知矣。”太祖悦，即施行焉。

——《三国志》

现代文翻译

东汉末年，曹操的儿子曹冲，只有五六岁，却有着和成年人一样的智慧。

有一次，东吴的孙权送来一头大象。曹操想要知道这头大象有多重，询问了所有的部下，却都没有办法。

曹冲走出来说："把大象放在船上，在船身上刻下船没入水中时的痕迹，而后把大象从船上拉走；再将其他的东西放到船上，使船没入水中时的痕迹与刚才的痕迹重合；然后，再去称那些东西，就可以知道大象的重量了。"曹操很高兴，照这个办法去做，果然测出了大象的重量。

咱们前面讲了两种表述故事的顺序，可以按照时间顺序表述，也可以按照方位（空间）顺序表述。其实，除了这两种比较常见的表述顺序之外，故事的表述顺序还有很多。今天咱们就来学习"事物流程顺序"。

顾名思义，事物流程顺序就是以事物的操作流程、步骤为顺序表述故事。从某种角度上来说，事物流程顺序和时间顺序类似，但又有些不同。还是以我们今天要讲的故事《曹冲称象》为例吧。这个故事很显然是以曹冲为大象称取重量的过程为主要内容的。那么，在故事中称象的流程是怎样的呢？第一步，将大象搁置到一艘大船上，在船没入水面的位置做上一个标记；第二步，将大象牵下大船，将其他的东西搁置在大船上，不断地增加重量，直到大船没入水中的位置与之前所做的标记重合；第三步，将船上的东西逐个称量，并累加，最后得出的总重量就是大象的重量。

如果只按照古文原文中那样将流程平铺直叙，未免太过单调，缺乏趣味，故事的精彩程度难免大打折扣。在这里，嘉庆叔叔再教你一招。要想使平淡的故事变得有趣，那就要学会设置悬念，也就是说要把即将展示的情节，在不泄露结果的前提下，转化成问题，先向听众或者读者抛出，让大家带着这个问题继续聆听或者关注你的故事。举个例子，《塞翁失马》中，塞翁的儿子摔断了腿，他却说未必是件坏事。这时就可以用设置悬念的方式来提升听众或读者的兴趣：“同学们，你们说这次塞翁的预言，能不能继续像以前一样那么准呢？听我下面告诉你。”再比如，《邯郸学步》中的那个年轻人想要去邯郸学习优美的步法，我们可以这样讲：“同学们，你们说这个年轻人能学到自己心仪的步法吗？他会学成什么样子呢？别着急，听我慢慢告诉你。”那么，有的同学就会问了：“《曹冲称象》中的悬念究竟该怎么设置呢？”同学，你别着急，听我慢慢告诉你。

除了设置悬念之外，嘉庆叔叔还打算将曹冲称量大象的每一个步骤，都进行比较细致的描写，如果对于这部分内容同学们也想做更大胆的尝试的话，也可自由发挥，但要量力而行，这就要看我们的想象力和文字能力有多强了。如果对于这个部分，你现在还做不到自己想象中的那么细致和生动，也没关系，后面讲到细节描写的方法时，我们还将做更加深入的训练。

好啦，下面就来看看我是怎么做的吧。

嘉庆叔叔写故事

曹冲称象

话说在东汉末年，丞相曹操收到了东吴孙权送给他的一个特殊的礼物。这个礼物不是金银财宝，更不是古董花瓶，而是一头大象。这大象对于当时身处中原地带的人来讲，实在是稀罕之物。曹操率领文武百官还有自己的小儿子曹冲一起去看大象。

曹冲这一年才五六岁，但是聪明机智，有人说他的智慧已经和成年人差不多了。

人们看到这头大象的时候，都非常吃惊。这大象真的好大呀，一个高大威猛的成年人也不过才有它的肚子那么高，而且这大象一顿饭能吃好几十斤食物，饭量实在大得吓人。看着这庞然大物，大家都啧啧称奇。

突然，曹操问了大家一个问题："你们说，这头大象有多重啊？"

人们你看看我，我看看你，都说不出个所以然来。

这时，有人喊道："放到秤上称一称不就清楚了。"

另一个人说："称？你说怎么称啊？"

"当然是用秤称啊？"

"什么？那得多大的秤啊？你上哪里找那么大的秤杆、秤盘和秤砣啊？而且，就算找到了，又该怎么完成这称重的过程呢？毕竟，这大象太大了。"

听了这话，大家都笑了。那个最先发言的人，支吾了半天，突然道："那……那……干脆，把大象砍成很多小块，一块一块地称，不就行了。"

其他的人又都笑了，说道："照你的办法，那大象不就死了吗？为了称重量，而杀死一头大象，也未免太过残忍了。"

那个最先发言的人有些急了："那我的办法不行，你们倒想个办法呀？自己没办法还笑话别人！"

这话一出口，其他的人真的闭了嘴，不吭声了。

正在大家都没主意的时候，突然人群中响起了一个清脆而稚嫩的声音："父亲，就让孩儿来试试吧！"

大家循着声音看去，原来是一个孩子，那孩子不是别人，正是曹操的小儿子曹冲。曹操有些不相信地看着儿子，说道："你有办法能够称出大象的重量吗？"

曹冲非常肯定地点头："当然。"

“哦？那你先说说你打算怎么做呢？”曹操依然半信半疑地问道。

曹冲悄悄地来到曹操的身边，在他的耳朵边说出了自己的办法。曹操一听，非常高兴：“好，你赶紧去称吧。”

“是。”曹冲高兴地称大象去了。

旁边的文武百官们一看，都愣住了，这么小的孩子能有什么办法啊？不光在场的文武百官们不知道，恐怕同学们也不知道他的办法吧！但别着急，下面听我慢慢地告诉你。

首先，曹冲让人将一条大船拖到不远处的一条河里，接着他便尝试将大象也赶到河边。这大象啊起初根本不听曹冲的指挥。它那粗粗的就像柱子一样的大象腿，不管曹冲怎么使劲儿去敲打就是不动丝毫。最后，曹冲灵机一动，用竹竿挑起一大串香蕉，不停在大象的眼前晃悠。这大象一见了香蕉可就乐了，急忙用鼻子去卷。可是，小曹冲举着香蕉连忙往后退。这一下大象可不干了，就来追曹冲。就这样，曹冲上哪儿，大象就去哪儿。不一会儿，这一人一象就来到了河边，并且上了大船。

待大象在船上站稳之后，船身比之前下沉了许多。这时，曹冲就在船身沿着水面没过船身的位置，用小刀刻了个记号。等到记号刻好，小曹冲又用一串香蕉将大象领下了船。大象下了船后，那露在水面上的船身又恢复了最初的高度。

之后，曹冲命令士兵搬来了很多大石头。随即，一块一块的大石头被搬到了船上。随着船上的石头越码越多，那船身开始逐渐下沉。眼看那水面和船身上的记号之间的距离越来越近，直到又一块石头放到船上后，水面正好和船身上的记号重合了，曹冲此时大喊了一声——“称石头”。

最后，士兵们用一杆专门称量石头的大秤一块一块地称出了石头的重量。当所有石头的重量加在一起后，也就准确地得出了大象

的重量。结果这头大象居然重达8690斤，几乎相当于现在三辆小轿车的重量。

在场的人们都对曹冲的聪明和机智赞不绝口。曹操也露出了会心的微笑，那笑容好像是在说：“哈哈，看看你们这些大人，还不如我这小儿子聪明呢！”

扫二维码
听嘉庆叔叔讲故事

跟嘉庆叔叔练写作

一、《游刃有余》这个成语故事大家应该都熟悉吧，尝试用事物流程顺序讲述一下《游刃有余》这个故事。比如，仔细分析庖丁在分解牛的全过程都有哪些环节，每个环节的重点是什么，并且有哪些动作。思考成熟后，用自己的语言把这些内容描述出来就可以了。具体可参考《嘉庆叔叔教你讲故事，练口才》中相应的故事。

二、用事物流程顺序讲述学校升国旗的过程是怎样的。

第四个故事：惊弓之鸟

——倒叙

原文

异日者，更羸（gēng léi）与魏王处京台之下，仰见飞鸟。更羸谓魏王曰："臣为王引弓虚发而下鸟。"魏王曰："然则射可至此乎？"更羸曰："可。"

有间，雁从东方来，更羸以虚发而下之。魏王曰："然则射可至此乎？"更羸曰："此孽也。"王曰："先生何以知之？"对曰："其飞徐而鸣悲。飞徐者，故疮痛也；鸣悲者，久失群也，故疮未息，而惊心未去也。闻弦音，引而高飞，故疮陨也。"

——《战国策·卷十七·楚策四》

现代文翻译

从前，更羸与魏王在高大的台下散步。忽然，他们抬头看见一只飞鸟。更羸对魏王说："我不用箭就能使鸟掉下来。"魏王说："射箭技术可以达到这么高的水平吗？"更羸说："可以。"过了一会儿，有一只大雁从东方飞来。更羸不用箭，只是拉了一下弓弦，大雁就从半空中掉了下来。魏王惊叹道："（箭术）难道真的可以达到这种地步？"更羸解释说："这是一只有伤的鸟！"魏王更纳闷儿了："先生怎么知道的呢？"更羸回答说："它飞得慢，鸣声又凄厉。飞得慢，是因为旧伤疼痛。鸣声凄厉，是因为长久失群。原来的伤口没有愈合，惊恐的心理还没有消除，一听见弓弦响声便奋力向上飞，继而引起旧伤迸裂，才跌落下来的。"

同学们，前面我们学习了三种不同的叙述故事的方法，都是按照一定的顺序从头到尾把故事讲下来的。可是，你们知道吗？有时候，我们会打破这种顺序，先把故事的中间甚至结尾都告诉读者或观众，然后再从故事的开端讲起。这种方法叫作倒叙。

这样做的好处非常明显。首先，因为一开头就把故事最精彩的地方抛给了读者和观众，特别容易引发大家的好奇心，让大家跟着讲述者的思路走。其次，这种方法更能凸显故事的核心思想，也更能够打动人。

不过与此同时，这样做的弊端也是非常明显的。一方面，因为这样讲故事，顺序是违反一般规律的，对讲述者来说难度是非常大的，如果对故事不是特别熟悉的话，很容易讲着讲着就把自己绕进去了，甚至可能因此找不到故事的正确顺序了。另一方面，到底应该把故事的哪个情节作为开头，是需要精心设计的，设计不好可能会弄巧成拙。故事的核心或者高潮部分放在开头，固然会把观众的注意力迅速调动起来。可是，也正是因为这一点，当故事真的讲到原本的核心或者高潮部分时，观众早已经知道了情节内容，也就很难提起兴趣来。除非有更加撩动读者或观众心弦的内容和技巧，否则故事到了这里，本来应该起高潮的地方，却索然无味了。

所以，在选用倒叙这种方法的时候，我们必须对故事的整体有一个非常深刻的了解。就拿我们今天要讲的故事《惊弓之鸟》来说，这个故事的核心也即高潮处，无疑是更羸真的用弓弦的响声射下大雁的那一刻，以及他对魏王的那一番解释。我们选用倒叙的方式讲述这个故事的话，当然要把更羸用弓弦射大雁的情节先展示出来。那么如何避免我们前面提到的那个弊端，就是当讲到高潮部分却出现索然无味的现象呢？嘉庆叔叔现在教给你一个非常实用的小技巧：说一半，留一半；或者叫：说现象，留本质。

这个小技巧如何理解呢，听嘉庆叔叔告诉你哈。我们开头先把更羸用弓弦射下大雁的现象展示出来，给观众以非常神奇的印象，而保留更羸对魏王的解释，也就是用弓弦就能射下大雁的真正原因——放在故事真正的高潮部分，这样就可以避免我们担心的那种情况发生了。

好了，下面来读读嘉庆叔叔的《惊弓之鸟》。在这里，为了使故事更具合理性和曲折性，嘉庆叔叔给这个故事增加了一个人物和一些情节，也请同学们注意分析，这个人物和这些情节添加后，对故事的精彩程度有了怎样的帮助。

嘉庆叔叔写故事

惊弓之鸟

话说在战国时期的魏国，这一年秋天，秋高气爽，风和日丽，正是打猎的好日子。

这一天，魏王又带着他的射箭高手和一群士兵在密林里打猎。可是这期间却发生了一件奇怪的事情，骑在马上的魏王和一群士兵眼睁睁地看着一个射箭手举起一张弓，朝着天空拉了一下弓弦就有一只大雁从天上栽了下来。

听到这儿，有的同学可能就会问了：“哎，你说的不对吧。你怎么没说把弓箭射向大雁呢？没有射箭，那只大雁怎么可能就栽下来了呢？”问得好！我是没说射箭的事。不过，我可没说错，那个射箭手确实没有用弓箭就把大雁给射下来了。也许你又会问了，这怎么可能呢？别着急，要揭开这个谜题，还得从故事的开头讲起。

魏国的国王非常喜欢打猎，他的身边有很多箭法超群的射箭高手，其中最厉害的神箭手名叫更羸。可是有很多的射箭高手并不服气，老想跟更羸比试比试。这一次，魏王又带着更羸和很多神箭手去打猎。

他们一行人在一片密林里走着走着，天空中突然飞过了一群大雁。一个射箭高手对魏王说：“大王，我只用一箭，就能射中那只领头雁的脑袋。”魏王听了非常高兴：“哦？你有这样的本领，快快射给我看。”

只见那位射箭高手快速地取下身后的弯弓，抽出一支箭，把箭搭在弓上，睁一只眼，闭一只眼，慢慢地把弓弦拉开，对准天上那只领头的大雁，手一松，只听见“嗖”的一声，那只领头的大雁应声而落，一头直接栽在了地上。有士兵把那只大雁捡过来，递给魏王。魏王一见，果真射中的是雁头，他非常高兴且赞不绝口。

这时，那射箭高手却摆了摆手说：“大王不用夸赞，我的箭术实属一般。我听说更羸才是咱们魏国的神箭手。不知道他能不能也来一个箭射雁头呢？”魏王和其他人听了这话，都不由自主地看向了一旁的更羸。

同学们，你听出来没有，这个射箭高手可没安什么好心。你想啊，如果更羸能够箭射大雁，那只不过也就和他的箭法一样高明，没什么了不起的；可是，如果更羸没能箭射雁头，那就说明箭法还不如他呢。

只见魏王身旁的更羸，不慌不忙地抬头看了看天。正有一只孤零零的大雁慢慢地飞了过来，并且时不时发出一声鸣叫。更羸转过头，对魏王说：“大王，您看到天上那只大雁了没？”魏王不明所以地点了点头。更羸接着说道：“我能够只用弓不用箭，就把那只大雁射下来。”

一听这话，周围的人全都愣了。尤其是刚才那个射中雁头的射箭高手，更是阴阳怪气地说：“什么？不可能！哪有人能够只用弓不用箭就射下大雁来呢？”魏王连忙说道：“是啊，这怎么可能呢？”

更羸笑了笑，没有说话，而是从身上不慌不忙地摘下了弓，果真没有抽箭。只见他把弓往天上一扬，拉开弓弦，也没有瞄准，随之“砰”的一声响……那孤雁先是挣扎了几下，之后便随着一声鸣叫栽了下来。同学们，这就是咱们在故事开头讲的那一幕。

有士兵急忙跑过去，兴冲冲地把大雁捡了回来。魏王一看，非常吃惊：“啊？这大雁的脚上还有伤呢！更羸，你的箭法真是神了，不用箭也能把大雁射伤！”更羸连忙谦虚地说道：“大王，这大雁脚上的伤不是我射的。”

更羸话音刚落，先前那个射箭高手就说：“行啦，更羸你别得了便宜还卖乖了。这箭伤不是你射的，难道是大雁自己啄伤的不成？”

更羸慢条斯理地说道：“这只大雁的脚伤是原本就有的。一定是前不久有人曾经射伤了它的脚，但并不致命。今天它听到了我的弓弦声，以为又有人要射它，于是急忙向上飞。可是，这一用力，就又挣开了伤口，因此就从空中摔了下来。”

扫二维码
听嘉庆叔叔讲故事

魏王听了这话，又急忙问道："那你又是怎么知道这只大雁的脚上有伤的呢？"

更羸说："因为大雁一般都是成群结队飞行的，而这只大雁却是单独行动，又飞得很慢，而且还时不时发出悲伤的鸣叫，我因此判断一定是伤口的疼痛让它掉了队，又时常发出惨叫，所以我断定它的身上一定有伤，而且肯定非常害怕弓弦的响声。我因此才能不用箭只用弓就把它射了下来。"

听了更羸的话，魏王非常佩服他的观察能力。就连一箭射中雁头的那个射箭高手对更羸也是心服口服，哑口无言。

跟嘉庆叔叔练写作

一、请试着用倒叙的方式讲述《惊弓之鸟》这个故事，先用口述的方式，再用文字的方式记录下来。同学们在做初步练习的时候，可以适当简化故事情节。

二、《盲人摸象》这个成语故事相信大家已经非常熟悉了，尝试用倒叙的方式讲述一下这个故事。《盲人摸象》的故事，高潮部分在于盲人兄弟在摸一头大象，而不是像其他人一样，用眼睛看。同学们可以尝试以盲人兄弟摸象的场景为开头，调动读者或观众的注意力，然后再从头开始，细细道出故事原委。

三、选择一则热点新闻，运用倒叙的方式，将其叙述给周围的朋友们听。先用口头的方式讲给周围的人听，再用文字的方式写成一则新闻稿。

第五个故事：晏子使楚

——插叙

原文

晏子使楚。楚人以晏子短，楚人为小门于大门之侧而延晏子。晏子不入，曰：“使狗国者，从狗门入；今臣使楚，不当从此门入。”傧者更道，从大门入。见楚王。王曰：“齐无人耶？使子为使。”晏子对曰：“齐之临淄三百闾，张袂成荫，挥汗成雨，比肩继踵而在，何为无人！”王曰：“然则何为使子？”晏子对曰：“齐命使，各有所主。其贤者使使贤主，不肖者使使不肖主。晏最不肖，故宜使楚矣。”

——《晏子春秋·内篇·杂下》

现代文翻译

晏子出使楚国。楚人知道晏子身材矮小，在都城的大门旁边开一个小洞请晏子进去。晏子不进去，说："出使狗国的人才从狗洞进去，今天我出使楚国，不应该从这个洞进去。"迎接宾客的人只好带晏子改从大门进去。

晏子拜见楚王。楚王说："齐国没有人可派吗？竟派你做使臣。"晏子严肃地回答说："齐国的都城临淄有七千五百户人家，人们一起张开袖子，天就阴暗下来；一起挥洒汗水，就像天下大雨；街上行人肩膀靠着肩膀，脚尖碰着脚后跟，怎么能说没有人才呢？"楚王说："既然这样，那么为什么会打发你来呢？"晏子回答说："齐国派遣使臣要根据不同的出使对象选人，贤能的人被派遣出使到贤能的国王那里去，不肖的人被派遣出使到不肖的国王那里去。我晏子是最不肖的人，所以只好出使到楚国来了。"

上一章我们讲了故事的倒叙，是指打破故事的常规顺序，先讲高潮部分，再从开头讲起。其实，打破故事常规顺序的讲法，不只倒叙这一种，

还有一种方法叫作插叙。插叙是在讲述故事的过程中，插入原本不属于故事常规内容的部分。有的同学可能会问，这不就是倒叙手法中把原本放在故事开头的内容，放到故事中间了吗？这种想法，有些道理，但稍微有些偏颇了。插叙和倒叙，虽然都是打破了常规的叙述顺序，但还是有很大区别的：首先，两者打破常规叙述顺序的位置不同，一个是在故事开头，一个是在故事中间。这点大家都清楚了。其次，倒叙的主要作用是开篇吸引大家的注意力，从而更好地用故事悬念引领大家进入故事情境，从而更清晰地点出故事主题和核心思想。但插叙就没有这个功能，它的主要作用是对故事情节中可能造成歧义的内容加以解释，抑或是为了加深读者或观众对故事内容的认识及理解。再者，两者容易产生的弊端不同。倒叙的弊端是容易丧失高潮部分的精彩，而插叙的内容如果选择不当或者不够精彩的话，容易出现使故事的整体结构发生偏差或者跑题的情况。

下面，我们就用《晏子使楚》这个故事，来向大家展示插叙这种叙事方法的特点和功能。

嘉庆叔叔写故事

晏子使楚

在春秋末期，齐国的齐景公认为单凭齐国的力量根本没办法与强大的晋国抗衡，要想取得更加稳固的地位，必须和南方的楚国联合。于是，齐景公派遣大夫晏婴出使楚国，想和楚国结盟。

这个时候楚国的国王是楚灵王，他仗着自己的国家强大，非常骄傲、蛮横，根本不把其他的国家放在眼里。楚灵王听说齐国派来的使者晏婴，是一个其貌不扬、身材矮小的人，就想羞辱他一番。于是，他让守城门的士兵把大门关上，另在大门旁边凿了一个小小的洞。士兵们在城墙上，远远地看到晏婴来了，就想："哈哈，这个晏婴果真像传说中的一样矮小，这次非要让他从小洞里钻进来，连他带齐国一块儿羞辱了。"

晏婴来到楚国都城的城门前，看到这副情景，马上就明白了楚国的意图。他不生气也不着急地对城墙上的士兵喊道："您好，我是齐国来的使者，我叫晏婴。请问，这里是楚国呀，还是狗国呀？"

一听晏婴的话，城墙上的士兵气得差点儿从上边摔下来，连忙回道："这里当然是楚国啦！怎么会是狗国呢？你没看到城门上的大字吗？"

晏婴接着说道："不对不对，这里一定是狗国，不是楚国。"

士兵一听更生气了，喊道："你凭什么说这里是狗国呀？"

"我去过很多国家。我知道，去什么样的国家就要走什么样的城门。如果是去楚国，当然就要走楚国的城门，只有去狗国才走狗洞。你看，你们把城门关了，只开了个狗洞，意思当然是说这里是狗国了。如果是这样的话，那我可要走狗洞了啊。"说着就要走那个小洞。

士兵们一听这话鼻子差点儿气歪了，赶紧拦住了晏婴。他们又急忙把晏婴的话禀告给了楚灵王。楚灵王一听，大骂士兵："你们还不赶紧把城门给我打开，他要真走了那个小洞，我们不就等于承认楚国是狗国了吗？"于是，士兵赶紧打开了城门，把晏婴请了进来。

讲到这里，咱们就必须要说一说这个晏婴到底是个什么人，他怎么有这么好的口才，有这么大的勇气，竟敢在别人的地盘如此"嚣张"。

要说起来，这晏婴可不是一般人。他辅佐过齐国灵公、庄公、景公三代君主，曾出使过吴国、晋国，他不光口才好，而且勇气可嘉。

他曾经很多次冒着砍头的危险，批评君主的错误，并且辅佐齐景公取得了非常辉煌的成就，他还曾做过齐国的相国。所以，晏婴面对强大的楚国有这样的口才和表现，根本不用奇怪。

介绍了晏婴，咱们接着来讲故事。

等到楚灵王在宫殿里见到晏婴时，他发现果然就像传说中的一样，这个晏婴啊长得实在太普通了，而且个子非常矮小，根本看不出有什么出众的地方。他想把刚才丢的面子再找回来，于是打算继续羞辱晏婴。

于是，楚灵王慢悠悠地对晏婴说："晏婴啊，难道你们齐国没有人了吗？"

听了这话，晏婴走上前一步，对楚王说："回禀楚王，我们齐国的都城临淄，有上万户人家，几十万人口。如果所有城里的人一起张开袖子，就能把太阳遮住，天空霎时就会阴暗下来；如果所有的人同时挥洒汗水，抛向空中，那马上就好像要下上一场大雨；街上的人肩膀靠着肩膀，脚尖碰着脚后跟……您怎么能说我们齐国没有人呢？"

楚灵王继续说道："哦？既然你们齐国有这么多人，那为什么要派你这么一个其貌不扬、五短身材的人来出使楚国呢？"

五短身材，就是说人的脖子短、两条胳膊短、两条腿也短，主要用来形容个子矮小的人。

晏婴听了，笑了笑回答道："启禀楚王，我们齐国出使各个国家都有一个规矩。"

"哦？什么规矩？"

"那就是出使什么样的国家，就派什么样的人才。出使上等的国家，就派上等的人才；出使下等的国家，就派下等的人才。像我这样下等的人才，自然就被派到楚国来啦。"

楚灵王听了这话，气得眼珠子差点儿掉出来，可是这一切都是自找的，他是有气也撒不出来，就像是哑巴吃黄连——有苦说不出。

后来，人们把晏婴这种与他人说话既不高傲冷漠，也不卑微下贱的态度，叫作不卑不亢。

扫二维码
听嘉庆叔叔讲故事

同学们，在讲述《晏子使楚》这个故事的时候，我们在中间用了插叙的方法，我们通过插叙的方法简单介绍了晏婴的性格特点和政绩，从而也对故事的内涵有了更进一步的提升。同时我们也能够体会到，如果要采用插叙这种叙事方法，就需要掌握更加丰富的知识，以及词汇，这就是文化底蕴的积累，这需要长期的、点滴的积累。希望大家能够做好这门功课，让自己的故事讲得更加精彩，更加游刃有余。

跟嘉庆叔叔练写作

一、请试着用插叙的方式讲述一下属于你自己的《晏子使楚》的故事，先用口述的方式，再用文字记录成文。同学们在做初步练习的时候，可以适当简化故事情节。

二、尝试用插叙的方式讲述成语故事《买椟还珠》。可以在讲述的过程

中，用插叙的方式，将盛放夜明珠的匣子进行一番解释和描述，以凸显夜明珠的珍贵。当然，如果同学们在经过学习和信息搜集后，对夜明珠有着自己更丰富和深刻的认知的话，用插叙的方式给大家讲一讲夜明珠的相关知识也是非常好的。

三、选择一则热点新闻，运用插叙的方式，将其叙述给周围的朋友们听。先用口头的方式讲给大家听，然后再形成文字。

第六个故事：一鼓作气

——综合训练

原文

十年春，齐师伐我。公将战，曹刿请见……

公与之乘，战于长勺。公将鼓之。刿曰："未可。"齐人三鼓。刿曰："可矣。"齐师败绩。公将驰之。刿曰："未可。"下视其辙，登轼而望之，曰："可矣。"遂逐齐师。

既克，公问其故。对曰："夫战，勇气也。一鼓作气，再而衰，三而竭。彼竭我盈，故克之。夫大国，难测也，惧有伏焉。吾视其辙乱，望其旗靡，故逐之。"

——《左传·庄公十年》

现代文翻译

鲁庄公十年的春天，齐国军队攻打鲁国。鲁庄公将要迎战。曹刿请求拜见鲁庄公……

到了那一天，鲁庄公和曹刿同坐一辆战车，在长勺和齐军作战。鲁庄公将要下令击鼓进军。曹刿说：“现在不行。”

等到齐军三次击鼓之后。曹刿说：“可以击鼓进军了。”

齐军大败。

鲁庄公又要下令驾车马追逐齐军。曹刿说：“还不行。”说完就下了战车，察看齐军车轮碾出的痕迹，又登上战车，扶着车前横木远望齐军的队形，这才说：“可以追击了。”于是追击齐军。

打了胜仗后，鲁庄公问他取胜的原因。曹刿回答说：“作战，靠的是士气。第一次击鼓能够振作士兵们的士气。第二次击鼓，士兵们的士气就开始低落了。第三次击鼓，士兵们的士气就耗尽了。三鼓之后，他们的士气已经消失，而我军的士气正旺，所以才战胜了他们。像齐国这样的大国，他们的情况是难以预测的，我怕他们退兵以后会有伏兵。后来，我看到他们的车轮的痕迹特别混乱，我望见他们的旗帜也倒下了不少，所以才下令追击他们。”

嘉庆叔叔写故事

一鼓作气

春秋时期，中原各国连年混战。鲁庄公掌管国家的第十年，齐国举兵攻打鲁国。

虽然齐国的实力远远超过鲁国，但是鲁庄公不甘心投降和失败，决定亲自率军和齐国打一仗。就在长勺这个地方，两国开始决战。

可是，就在齐国已经擂了两次鼓之后，鲁国却一直按兵不动，根本不做任何反应。这让所有鲁国士兵非常疑惑，打仗难道不是要冲锋陷阵，冲上战场跟敌人的士兵拼个你死我活吗？为什么鲁庄公不下令出击呢？这不是干等着挨打吗？这仗还能赢吗？

其实，这个时候满心疑惑的不光是鲁国的士兵，就连鲁庄公本人也非常疑惑。他看着和自己同乘一辆战车的大夫曹刿不急不躁的，着急地问道："先生，咱们什么时候发起进攻啊？这么干等着挨打，什么时候是个头啊？"

曹刿却气定神闲地说："不急不急，快了快了！"

鲁庄公一脑袋问号，不知道曹刿在玩什么花招。

说到这里，有的同学肯定要问了，鲁国为什么不进攻啊，这个曹刿又是谁？鲁庄公为什么要听他的呢？

这还得从这场战争的最初说起。鲁庄公决定和齐国一战到底的消息刚传出来时，大夫曹刿就决定求见鲁庄公。在分析了鲁国的情况后，曹刿对鲁庄公说："请问您是否真的想打赢这场战争？"

鲁庄公一听这话，完全是丈二和尚摸不着头脑，他说："既然是打仗，哪有不希望赢的道理啊？"

曹刿说："好！既然您想赢，就请答应我一个请求。"

"什么请求？"

"在出征时，让我和您同乘一辆战车。"

听到这个请求，鲁庄公有些犹豫了，自己可是一国之主啊，打仗的时候怎么能和别人同乘一辆车呢？可是又一想，这个曹刿可不是一般人哪。他是鲁国最有名的军事家，最能打仗啊，如果我不答应他的请求，他会不会不帮我呢？于是他又问道："我想问你，关于这场战争，你有什么计策吗？"

曹刿说："战场上瞬息万变，随时都会出现意想不到的情况。所以，我没有预先制订任何计策。也正是由于这个原因，所以我请您允许我和您同乘一辆车，以应对随时变化的战场。"

听了这话，鲁庄公觉得非常有道理，于是就答应了曹刿的请求——两人同乘一辆战车上战场。

齐鲁大战定在了长勺这个地方。开战的时候，鲁庄公果然和曹刿同乘一辆战车，共同指挥战斗。

齐国的主将因为自己国家的实力远在鲁国之上，而且一直以来齐国都是胜利者，所以他根本不把鲁国的军队当回事。军队刚刚排列整齐，他就下令击鼓。

有的同学可能又要问了，这打仗为什么要敲鼓啊?

因为在古代，没有大喇叭，没有手机，战场又特别乱，要迅速传递命令根本没法靠喊来完成。于是古人就发明了个办法，通过敲鼓发出的声音来告诉士兵向敌人冲锋的时候到了，相反，如果需要撤退了，就玩命地敲锣。所以齐国的主将下令敲鼓，就是告诉士兵们该冲锋了。齐国的士兵一听到鼓声，就挥舞起刀枪冲向了鲁国军队。

鲁庄公一看齐国开始进攻了，举起手来，朝着自己队伍中负责敲鼓的士兵就要下令。这时，身旁的曹刿突然拦住了他："慢！"

鲁庄公非常奇怪："先生，敌人马上冲过来了。你干吗拦着我不让我下令啊？"

曹刿看着前方说："现在还不是冲锋的时候。"

鲁庄公大吃一惊："啊？那什么时候才能冲锋啊？"

"再等一等，到时候，我让您下令，您再下令。现在让所有的弓箭手准备好，敌人冲过来，就用弓箭挡住他们。”

这时眼看着齐国的士兵冲到了近前，鲁国的弓箭手早就准备好了。霎时，就像下雨一样，铺天盖地的箭射向了齐国军队。齐国这一次进攻被拦在了半路上，没有冲破鲁国的军队。齐国主将下令停止攻击，本以为鲁国会马上派兵冲过来，可是等了很久，却并不见鲁国有任何动静。于是，齐国的主将就第二次下令击鼓，继续冲锋。

眼看着齐国的军队又冲过来了，鲁庄公第二次要下令出兵迎敌，却又被曹刿拦了下来。这就是咱们故事刚开头的时候，说到的那个场面。

这时候，鲁庄公可实在是太着急了，他真不知道曹刿葫芦里到底卖的什么药。所有的鲁国士兵也都急坏了。可是，没有冲锋的命令谁也不敢往前冲，只能站在原地等着。

就这样，鲁国用弓箭第二次阻止了齐国军队的进攻。

当齐国又一次停止了进攻，曹刿眼睛直勾勾地看着前方，没有发出任何声音。鲁庄公在车上就像热锅上的蚂蚁，急得直转圈儿。

眼看着，齐国又发起了第三次进攻。

这一次，曹刿的眼神发生了变化，他的嘴角逐渐露出了笑容，回过头来对鲁庄公说：“主公，我们得胜的时候到了，您赶紧下令迎敌吧！”

一听这话，鲁庄公高兴坏了，下令击鼓出兵！

所有鲁国的士兵一听到鼓声大起，可把他们高兴坏了。一瞬间，鲁国的士兵就像下山的猛虎一样，把刚才憋足了的劲儿一股脑儿全用上了。可是，齐国的士兵却因为连续三次的攻击而疲惫不堪。很快，鲁国就取得了这场战斗的全面胜利。

所有鲁国的将士都非常高兴。这是一场以少胜多的战斗，鲁国全国上下欢呼雀跃。最后，鲁庄公问曹刿：“为什么前两次齐国冲锋，您不让我下令出击？最后您又是怎么知道，我们一定会取得胜利的呢？”

曹刿说："作战，靠的是一股士气。军队的士气在，战争就能取得胜利，相反就会失败。第一次击鼓能够振作士兵的士气。第二次击鼓，士兵的士气就开始低落了。第三次击鼓，士兵的士气就耗尽了。齐国的军队进攻了两次，到第三次进攻他们的士气已经消失殆尽，身体也已经疲惫不堪。而我军还是第一次冲锋，士气正旺。所以，用旺盛的士气攻打懈怠的敌人，当然能够一举得胜了！"

鲁庄公听了曹刿的话，深深地点了点头。

"一鼓作气"这个成语就是这么来的。

扫二维码
听嘉庆叔叔讲故事

跟嘉庆叔叔练写作

一、认真分析《一鼓作气》这个故事，看一下里面运用了哪些叙述方法。

二、在《一鼓作气》这个故事里，不止一次用了插叙，请指出每次插叙的内容以及这些插叙的内容对故事情节有什么推动作用。

三、尝试自己讲述一下《一鼓作气》这个故事。由于这个故事采用了几种不同的叙述方法，篇幅较大，情节较为曲折，同学们在练习的时候，可以根据原文进行适当的删减。

第二章

写人的方法

同学们，今天开始我们要学习如何写人，也就是如何塑造故事中的人物。

故事和人物是一对同生共长的亲兄弟。有故事必然有人物，有人物也必然会产生故事。有一句话是这么说的：人物是故事中的人物，故事是人物下的故事。说的就是人物与故事的关系。在《嘉庆叔叔教你讲故事，练口才》这本书中，专门有一个单元是讲《人物的语言》，尝试用不同的音色、不同的腔调来塑造人物。而我们在这部书中，要学习的是如何用自己的观察力、想象力、文字描绘能力，塑造活灵活现的人物。

很多同学在写作的时候，尤其在塑造人物的时候都很茫然，就是不知道怎么办。写人首先就是要写人的外在，外在包括人的五官相貌、穿着打扮，把这两方面写完整、写出特点，一个人物就跃然纸上了，就出现在读者或听众的脑海里了。

下面，我们就通过两个故事来给大家演示如何描写人物的五官和穿着打扮。

第一个故事：道听途说

——如何描写人的五官

原文

孔子曰："道听而涂（途）说，德之弃也。"

——《论语·阳货》

现代文翻译

孔子说："在路上听到传言就到处去传播，这是道德所唾弃的。"

今天我们首先来学习如何描写人物的五官。

五官，平常说来就是人的长相。很多同学在描写人物的五官时不知道该如何下笔，其实我们只要弄懂五官是什么就很好入手了。官就是器官，五官就是脸上的五个器官：眉、目、鼻、口、耳。把这五个部分长什么样子描写出来，不就是人的相貌了吗？

一般来讲，描写五官要遵循以下几条原则：

1.描写人物的五官，可以将其一一描写出来，但也不用过于刻意。不用每次描写人物的五官时，都把眉、目、鼻、口、耳逐一描述一遍。

2.如果一个故事里有两个或者两个以上的人物，不需要把每一个人物的五官都描绘一遍。只要把最重要的那一两个人物的五官，详细且生动地描述出来，就可以了。

3.观察或者想象人物的五官，务求具体细致，尤其是最有特点且能够帮助突出人物性格的地方，越具体越好。比如《晏子使楚》里的晏子，为了突出他能言善辩的特点，我们可以重点描写一下他的那张嘴："晏子长着一张很像一只倒扣着的小木船的嘴。嘴唇不薄不厚，每当他遇到棘手的问题，陷入思考的时候，就会用力地把嘴唇抿起来。往往，只要片刻，一个巧妙的计策便会从他的口中娓娓道来。"

4.在创作故事的时候，为了让听众和读者对人物有更加深刻的印象，有时可以采取比较夸张的描写方式。比如，《杞人忧天》里面的杞国人，为了突出他忧心忡忡的特点，可以这么写："这个杞国人长着一对八字眉，就是两条眉毛正好组成了一个汉字'八'，一天到晚两条眉毛都紧紧皱在一起，而两条眉毛中间的地方也总是挤在一起，就像一个大麻花一样。”

5.因为故事这种特殊的题材，为了突出人物的性格，可以将人物的外在符号化。也就是说，无论好人和坏人，特点要非常明显，通过五官一眼就可以看出来。比如，《滥竽充数》里面的南郭先生：“南郭先生长着一双像绿豆一样的小眼睛，可是这双小眼睛却非常灵活，每当吹竽乐队大合奏的时候，他的眼睛就滴溜溜乱转。随时关注着别人的一举一动，别人向左摇，他也向左摇；别人往右晃，他也往右晃。”

6.写人的五官，最重要的是写出人与人的不同。世界上没有长得完全一样的人，即使双胞胎也会在某些细微之处有所不同。比如：“小明和小亮是一对双胞胎，人们说他俩站在一起时简直就像在照镜子一样。可是，如果你仔细观察，还是可以看出差别的，小明的左眼角上有一颗黑色的痣，而小亮的右耳朵上长了一个‘小耳朵’。”

下面我们就用《道听途说》这个故事，给大家诠释一下如何通过描写人的五官，来突出一个人物的性格，从而完成一个精彩的故事。

“道听途说”这个成语最初只是《论语》中记载的孔子的一句话。后来，相传宋朝大文学家苏轼创作了一部《艾子杂说》，其中就讲述了一个关于“道听途说”的故事。下面，嘉庆叔叔就把这个故事讲给大家。

嘉庆叔叔写故事

道听途说

话说在春秋时期，齐国有一个很有名的读书人名叫艾子。艾子喜欢到各个地方去旅游，喜欢搜集各个地方的奇闻逸事。但是艾子也非常善于思考，有自己的原则，不切实际的谣传他从来不信。

有一次，艾子刚刚从楚国游历归来，回到齐国的都城，刚一进城门，就听见身后远远的有人喊他，那声音很尖而且很急。艾子停住了脚步，回头一看，见一个穿着灰色裤褂、身材瘦削的人朝他跑了过来。

这个人长得实在是太有意思了，瘦瘦的身子简直就像一根长长的竹竿；那张脸瘦得就像每个月初一的月亮，只有一个弯弯的月牙；两条细长的眉毛；黄豆粒儿大的两个小眼珠总是上下左右地转来转去；长长的鼻子下面长了一张和他的脸形非常不协调的嘴；嘴上还留了两绺像山羊胡一样的小胡子。这个人艾子认识，就是他的一个邻居——名字叫毛空。这个毛空每天无所事事，就喜欢到处打听和散布传言。

看到毛空这么着急地喊自己，艾子笑着问他："毛空，你有什么事情找我啊？”

因为刚刚追艾子跑了一段路，毛空喘着粗气说：“艾子，你不是特别喜欢各地的奇闻逸事吗？我敢保证，我刚刚得知的这件事，你肯定没听说过，而且肯定能让你大吃一惊。”

艾子说：“哦？是什么事情啊？”

毛空故作神秘地左右看了看，小声对艾子说：“昨天，就在城外的一个村子里，有一只鸭子一次下了一百个蛋。”

毛空说完后得意地看着艾子，哪知艾子却险些乐出声来：“你说的这件事肯定是假的！”

毛空听了这话，很是着急地说：“这怎么会是假的呢！”

“你想啊，七八个鸭蛋一斤重，一百个鸭蛋至少也有十几斤。可是，一只鸭子最多也就五六斤重，就算你说的那只鸭子有十斤重。一个十斤重的鸭子怎么能生出比它自己还重得多的鸭蛋来呢？”

听了这话，毛空支吾着说：“那……那……可能……是我听错了……可能是两只鸭子下的……”

“不可能。”

“那也许是三只，啊！不……四只……五只……对……是五只鸭子下的。”毛空着急的脸上已经开始往外渗汗珠了，黄豆粒儿大小的眼睛不停地眨巴着。

“不可能。一只鸭子一天下一个蛋就已经很不错了，很少有一天能下两个蛋的鸭子。你说的我完全无法相信。”

毛空捋了捋自己那山羊胡，想了想又说：“嗯……好吧，也许这个事情是我听错了，可是我下面说的事情可是千真万确的。”

艾子也不说话，看着毛空，等着他下面要说的话。

毛空见艾子不说话，也就接着往下说开了：“就在上个月，城东掉下来一块牛肉。那块牛肉有三十丈长，十丈宽，掉到地上的时候，还往外渗血呢，那牛准是刚宰的。”

同学们，你知道一丈是多长吗？一丈是十尺，也就是三米多，相当于一层楼房的高度。十丈就相当于十层楼的高度。

听了这话，艾子连连摇头。

毛空说：“怎么了？你摇什么头啊？难道你不相信吗？”

艾子说：“你说的事情，根本没法让人相信。”

毛空急着问：“为什么？”

“我问你，如果这块肉真的存在的话，那么那头牛得有多大呢？”

毛空支吾着说：“呃……这个……”

“我再问你，杀牛之前都要先把牛捆好，捆这头牛的绳子需要多长呢？这么大一块肉，又需要多么大的一把刀呢？就算是绳子和刀都有，但是，你说这块肉是从天上掉下来的。那头牛当初是怎么飞上天去的呢？切下来的肉，为什么又会掉下来呢？”

扫二维码
听嘉庆叔叔讲故事

听着艾子问出的一个个问题，毛空一时哑口无言。艾子顿了顿，又说道：“你刚才说的两件事，都是你亲眼所见，还是听别人说的呢？”

毛空用手抹了一把脸上的汗，说：“是……是在路上听别人说的。”

艾子语重心长地说：“今后再也不要轻易相信人们随口传播的

新闻了。越是新奇有趣的事情，越是要仔细思考有没有可能是假的。切不要随便把这些假传闻随口往外传。”

听了这些话，毛空很不好意思地点了点头。

跟嘉庆叔叔练写作

一、认真分析《道听途说》这个故事，毛空的人物形象是怎样的？并且说一说，毛空的五官对塑造这个人物有什么帮助。

二、请尝试用语言描述自己的五官，先用口头描述，再用文字记录下来。

三、尝试描绘下面这个人物的五官。

为了让同学们更好地练习如何描绘人的五官，嘉庆叔叔也对这个人的五官进行了描述，大家可以作为参考：

这个人长着一张方形的脸，再加上他的脸色总是红扑扑的，整张脸简直就像一块砖。短短的寸头，衬得他的脸型更加方正。两条粗粗的眉毛就像两根小棒槌，向眉心使劲儿挤着。他有一个圆圆的鼻子。因为他很喜欢揉鼻子，因此他的鼻子显得比脸还红，就像一个大个儿的山楂放在了脸的正中央。他还有一张大嘴，满口白牙，总是时不时地发出憨厚的笑声。而他那两只招风耳显得他那张砖头脸更大了。

第二个故事：愚公移山

——如何描写一个人的衣着

原文

太行、王屋二山，方七百里，高万仞，本在冀州之南，河阳之北。

北山愚公者，年且九十，面山而居。惩山北之塞，出入之迂也。聚室而谋曰："吾与汝毕力平险，指通豫南，达于汉阴，可乎？"杂然相许。

其妻献疑曰："以君之力，曾不能损魁父之丘，如太行、王屋何？且焉置土石？"

杂曰："投诸渤海之尾，隐土之北。"

遂率子孙荷担者三夫，叩石垦壤，箕畚运于渤海之尾。邻人京城氏之孀妻有遗男，始龀，跳往助之。寒暑易节，始一返焉。

河曲智叟笑而止之曰：“甚矣，汝之不惠！以残年余力，曾不能毁山之一毛，其如土石何？”

北山愚公长息曰：“汝心之固，固不可彻，曾不若孀妻弱子。虽我之死，有子存焉；子又生孙，孙又生子；子又有子，子又有孙；子子孙孙无穷匮也，而山不加增，何苦而不平？”河曲智叟亡以应。

操蛇之神闻之，惧其不已也，告之于帝。帝感其诚，命夸娥氏二子负二山，一厝朔东，一厝雍南。自此，冀之南，汉之阴，无陇断焉。

——《列子·汤问》

现代文翻译

太行、王屋两座山，方圆七百里，高七八千丈，本来在冀州南边，黄河北岸。

北山下面有个名叫愚公的人，快九十岁了，一直居住在山下。由于山区道路阻塞，进进出出都要绕道，他就召集全家人商量说：“我带领你们尽力挖平这险峻的大山，使道路一直通到豫州南部，

到达汉水南岸，好吗？”大家纷纷表示赞同。

他的妻子提出疑问说：“凭你的力气，连魁父这座小山都不能铲平，能把太行、王屋两座大山铲平？再说，挖下来的土和石头怎么办呢？”众人齐说：“可以扔到渤海的边上，隐土的北边。”

于是愚公便率领儿孙中能挑担子的三个人上山，凿石头，挖土，并用箕畚将土石运到渤海边上。邻居寡妇京城氏有个小儿，刚七八岁，也蹦蹦跳跳地去帮助他们。冬夏换季，才往返一次。

河曲的智叟讥笑愚公，劝他别干傻事，说：“你简直太愚蠢了！就凭你这残余的岁月和剩下的力气连山上的一棵草都动不了，又能把泥土、石头怎么样呢？”

北山愚公长叹说：“你的心真顽固，顽固得没法开窍，连孤儿寡妇都比不上。即使我死了，还有儿子在呀；儿子又生孙子，孙子又生儿子；儿子又有儿子，儿子又有孙子；子子孙孙无穷无尽，可是山却不会增高，还怕挖不平吗？”

河曲智叟无话可答。

握着蛇的山神听说了这件事，怕他没完没了地挖下去，向天帝报告。天帝被愚公的诚心感动，命令大力神夸娥氏的两个儿子背走了那两座山，一座放在朔方的东部，一座放在雍州的南部。

从那时开始，冀州的南部直到汉水南岸，再也没有高山阻隔了。

在讲述一个故事时，我们要想把一个人物塑造得生动、有趣，让人久久不忘，除了要在人物的相貌上下功夫外，衣着打扮的描写也是非常重要的。因为一个人的服饰、穿着、发型等，能够非常鲜明地体现一个人的性格、爱好、职业、习惯等。抓住了衣着的特点，对于塑造人物会有非常大的帮助。

其实，要将人物的衣着描写好，和五官一样，都是要注意观察，越具体越细致越好，并且要把看到的落实到口头上、笔头上。有的同学可能要问，衣着的描写要从哪里入手呢？这点完全可以效仿描写五官的方法，我们把衣着都包含哪些方面梳理清楚，自然也就知道该如何入手了。

衣着，从里到外一般可以分为：内衣、外衣、大衣或外套；从上到下一般可以分为：帽子、头饰、发型、上衣、裤子、鞋。知道要写什么了，就要思考怎么写。衣着描写的方面可以分为：款式，是长是短、是大是小？颜色，是红是绿、是黑是白？质地，是绸缎还是粗布？手感，是光滑还是粗糙？另外，给人的感觉是华丽还是简朴，是干净还是邋遢？把这些内容都考虑周到了，再逐一和自己要描写的对象进行对号入座的描摹，自然也就知道该写什么，该怎么写了。

在描写人物衣着的时候，和描写五官一样，也有一些原则，最主要的是不要面面俱到，就是不要把一个人的穿着打扮事无巨细地说一遍，这样没有

重点，反而让读者或观众无法对人物产生深刻印象。重要的是要抓住特点，就是我们要重点描写的人物与其他人最大的不同点，哪怕只有一两点，有时候也完全可以让人过目（过耳）不忘，进而在脑海里形成深刻的人物形象。

今天嘉庆叔叔就利用《愚公移山》这个故事，来给大家诠释一下，如何通过一个人的衣着塑造人物性格或形象。

嘉庆叔叔写故事

愚公移山

同学们，咱们今天的故事要从两座大山说起。一座叫王屋山，这座山现在在河南省的济源市境内。另一座山叫太行山，在山西和河北之间。现在这两座山并不在一起，可是你们知道吗，在古老的传说中，这两座山却是在一起的。那么这两座山又是怎么分开的呢？谁有这么大力气能搬动两座山呢？现在，来听嘉庆叔叔给你们讲一讲《愚公移山》的故事吧。

在很久很久以前，冀州之南，黄河北岸有两座大山，一座叫王屋山，一座叫太行山。这两座山方圆七百多里，七八千丈高。要想从两座山的这头到达另一头，需要一两个月的时间。

北山脚下，有一个村子，村子里的人世世代代深受这两座山的困扰，不管是往山外送东西，还是从山的另一头往回带东西，都非常困难。

村子里有一个老人，他性格非常倔强，不论干什么事情，只要决定了，不管遇到多么大的困难，也坚决不回头。人们觉得这个老人有点傻傻的，所以都管他叫愚公。

愚公当时已经九十多岁了。有一天，愚公把儿子、孙子，还有所有的亲戚朋友都叫到一起，开了一个非常重要的会。在这次会上，愚公对大家说："咱们村子正面的这两座大山，挡住了我们和外面的世界的来往。我们世世代代深受其扰，进出一次要一两个月，外面的好东西带不进来，我们村子里的东西也很难带出去。而且因为山势险要，经常有人摔死。我想把这两座山铲平，不知道你们愿不愿意跟我一起干？"

听了这话，立刻有一个年轻的晚辈站起来说："愚公爷爷，您说得太对了，我早就想铲平这两座山了。我跟您干！"紧接着，又站起两个小伙子，说："我们也跟您干！"之后，屋子里的大部分人都开始跃跃欲试想要跟着愚公挖山了。愚公看了大家的热情也不由得激动起来。

正在这时候，突然从门口传来一个声音，慢悠悠地说道："你们把事情想得太简单了。"

大家循着声音看去，只见一个老婆婆站在那里。这老婆婆的头上包着一块灰色的头巾，上身穿着一件灰白色的土布衣衫，下身是一条蓝色的土布裙子。衣衫和裙子上布满了大大小小的补丁。老婆婆的脚上穿着一双黑色的布鞋，鞋上沾满了泥巴。老婆婆的手上挎着一个荆条编成的篮子，里面盛着新鲜的野菜，菜根上还带着泥土。这个老婆婆大家都认识，就是愚公的妻子，今年也已经八十多岁了，她刚刚从外面挖了野菜回来。大家都很尊敬她，把她让进了人群。

愚公的妻子把篮子放在桌子上，说："你们想得太简单了。你们知道挖山是一件多么困难的事情吗？需要多长的时间吗？别说眼前的太行、王屋这两座参天的大山，离咱们不远的那座叫魁父的小山你们知道吗？"大家听了都点点头。愚公的妻子接着说："就是那座山，要想铲平，没有几十年都不可能。愚公啊，我的老头子，你都九十多岁了，还能活几年哪？你就是挖到死连魁父山也挖不平啊，更别提太行、王屋这两座大山了。"

听到这里，刚才第一个站起来的小伙子说："老奶奶，愚公爷爷只是给我们带头。真正干活儿的可是我们。"

愚公的妻子笑了笑，接着说：“行，就算是你们年轻能干。可是，这山上挖下来的土要堆在哪里呢？从这座山上挖下来的土，不论堆在哪里，到最后不就又成一座山了吗？”

刚才那个小伙子没话说了，另一个小伙子说：“我们可以把土和石头倒在渤海之滨，隐土之北。”

愚公的妻子又摇着头说：“渤海之滨，隐土之北？你们空着两手翻这两座山，尚且要一两个月，现在要带着土和石头走到渤海之滨，隐土之北，你们有没有算过这一趟下来要走多长时间哪？这么做到底值不值啊？”

这时，其他人都不说话了，只有愚公站出来说："世界上的事情，没有什么是不可能的。只要我们认定了是对的，坚持下去，就一定会有好结果的。"

老婆婆看着愚公，瞪大了双眼说不出话来。过了一会儿，老婆婆挎着篮子摇着头，走了出去。

第二天，愚公带着儿孙中比较有力量，而且善于挑担子的三个人，一起开始挖山。他们把挖下来的山石和泥土装到箕畚里，挑着担子走到渤海之滨，把土石倒在那里再走回来。愚公有一个邻居京城氏，是一个寡妇，相传她的丈夫就是死在了翻越王屋山的路上，所以她恨透了这两座山。京城氏让自己七八岁的小儿子跟着愚公一起挖山。小孩子每天蹦蹦跳跳地跟着挖山搬石，从不嫌累。

愚公他们从山脚下挖满一担子的土和石头，再把土运到渤海之滨后回来，季节交替一次，才往返一次。

别看愚公九十多岁了，满脸堆满皱纹，可干活却从不输给年轻人。他因为一辈子都在辛苦劳作，所以浑身上下都是黝黑的皮肤、结实的肌肉，和年轻人一样步履矫健。

扫二维码
听嘉庆叔叔讲故事

有一次，愚公就地休息的时候，远处走来了一个老人。只见这个老人花白的头发梳理得非常整齐，穿着一身长袍，质地讲究而且华丽。

老人的手上拄着拐杖，步履缓慢。这位老人和愚公认识，是附近村里有名的读书人，名叫智叟。他走到近前，询问愚公到底在干什么。愚公就把自己想把太行和王屋两座山铲平的想法告诉了他。

智叟听了，连连摇头说：“哎呀，你可真的是太傻了，难怪人家叫你愚公啊！”愚公有些不明所以地看着智叟，问道：“怎么了？”

智叟说：“这两座山有几千丈高，几百里宽。而你已经九十多岁了，不等你挖完一个山角，就已经死了。你要挖掉这两座山，简直就是痴人说梦啊。”

听了这话，愚公捋着胡子，大笑着说：“你呀，难为人家还说你是智叟，我看你的思想简直太顽固了。”他一指身边那个七八岁的小孩子，接着说：“你顽固得还不如一个七八岁的孩子。这两座山又不是我一个人在挖，我死了有什么要紧，还有儿子嘛。儿子死了还有孙子。子子孙孙是没有穷尽的。但是，这两座山却不会增高，只要我每天坚持，今天比昨天多挖掉一点，明天比今天多挖掉一点，迟早有一天山会被我们挖平的。”说完，愚公又挑起了担子，快步流星地朝渤海之滨走去了。

就在愚公挖山不止的时候，有一个人在山顶上远远地望着他们。这个人手持一条长蛇，他就是山神。他本来没把这事放在心上，认为这就是一个老人家心血来潮，一时冲动。可是后来，他发现愚公可不

是说着玩儿的，他是真的每天每年都在坚持挖山。山神害怕照这样挖下去，真有一天两座山会被挖平。

于是，山神就把这件事告诉了天帝。

天帝听了山神的报告，非常感动，他没有想到人间居然有这样赤诚、执着的人，可以为了自己的梦想如此坚持。于是，天帝就命令大力神夸娥氏的两个儿子，将两座山搬走，把一座山搬到了朔方的东部，一座搬到了雍州的南部。

从此以后，愚公和他的后人们再也不用因为这两座大山而苦恼了。

同学们，这是一个神话故事，两座大山当然不可能真的被巨人背走，但是愚公移山的精神是值得我们学习的。时至今日，这个故事仍然广为流传。

跟嘉庆叔叔练写作

一、请尝试分析《愚公移山》这个故事中，一共描述了几个人物的衣着服饰。对主人公愚公的描写，并没有集中在一起，请仔细分析嘉庆叔叔是怎样来描写愚公的外貌的。

二、请尝试描述和你最要好的一个同学的衣着，就以今天你刚刚看到他（她）的样子为标准描述。

三、请根据下面的插图，用语言描述这个人物的衣着打扮。

为了让大家更好地学习，嘉庆叔叔也对这个人物进行了描绘，同学们可以做适当参考：

他，最让人印象深刻的有两点。

第一个就是他的大肚子，也许是太喜欢吃的缘故，他拥有一个几乎自己都搂不过来的大肚子。为了让自己的肚子不那么显眼，他总是穿着一件宽宽大大的黑色T恤衫，下身配一条同样宽大的裤子。虽然衣服都是深色，但还是时常能够看到上面星星点点的油

渍。一双万年不变的人字拖总是趿拉在他的脚上。别看他已经这么胖了，可手里却从来没空过，不是攥个鸡腿，就是抱一桶爆米花。

他的另一个特点就是他那张嘴。说他的嘴有特点，不光是因为他的嘴巴大、嘴唇厚，而是因为他很喜欢讲笑话，每次他一边啃着鸡腿，一边讲笑话的时候，别人还没笑他自己就已经哈哈大笑了。别人不知道他到底为什么笑，却都记住了他那张厚厚的大嘴巴。他这一笑啊，带动着他那个大肚子一起一颤一颤的，让人们对他的大肚子印象更深了。

第三个故事：东施效颦

——如何通过行为举止的描写塑造人物

原文

西施病心而颦其里，其里之丑人见而美之，归亦捧心而颦其里。其里之富人见之，坚闭门而不出；贫人见之，挈妻子而去之走。彼知颦美，而不知颦之所以美。

——《庄子·天运》

现代文翻译

从前西施心口疼痛而皱着眉头在邻里间行走，邻里的一个丑女人看见了认为皱着眉头很美，回去后也在邻里间捂着胸口皱着眉头行走。

邻里的有钱人看见了，紧闭家门而不出；贫穷的人看见了，带着妻儿子女远远地跑开了。那个丑女人只知道皱着眉头好看，却不知道皱着眉头好看的原因。

故事中的人物不是静止的，除了五官和衣着之外，举止同样能够非常典型地体现一个人物的性格和内心。行为举止，也就是人物的行为动作。如果能够抓住人物的某一两个特定动作进行描写，往往也能够非常鲜活地将人物形象展示出来。

一般而言，人物的举止动作按照是否会频繁出现，分为频发性动作和偶发性动作。

频发性动作，往往是一个人物的习惯性动作，在某种特定情境下，会下意识经常做的动作。我们看动画片时就经常会看到这种现象，比如《猪猪侠》里面，每次遇到危险时，五灵卫都会变身；《超级飞侠》里面的金宝每次给乐迪派发了任务后，都会有操作开关的一连串启动开关的动作。像这样的例子还有很多，我们平时在阅读或者观看动画片的时候都可以多关注一下。

偶发性动作，是在特定的时候才会出现的动作，出现的次数很少或者只出现一次。这样的动作往往可以体现人物在特定情境下的内心世界。比如，《狐假虎威》里面，小狐狸看到大老虎吓坏了，说不出一句话来，嘴角颤抖着，额头渗出了汗水，双腿像灌了铅一样迈不开步子。这里的动作，体现了小狐狸见到大老虎时内心的紧张和恐惧。再比如，《画龙点睛》里面，张僧繇手指捏着笔杆，看着眼前这幅已经画好的云中飞龙，又紧盯着那还没有染色的飞龙的眼睛，迟迟不敢下笔。这里的动作体现了画家张僧繇对于为飞龙的眼睛染色这件事非常慎重。

下面，嘉庆叔叔就用《东施效颦》这个故事来为大家展示如何通过举止动作的描写来塑造人物，丰富故事情节。

嘉庆叔叔写故事

东施效颦

话说春秋时期，越国有一个女子名叫东施。东施的相貌非常普通，算不上好看，但也不算特别难看。可是，每当她看到自己在水中的倒影，总是觉得自己不够美丽。她总想找一个办法让自己变得更漂亮。

于是，东施到处打听，哪里有最鲜艳的胭脂，哪里有最漂亮的衣服，她都要想办法得到。另外，听说哪里有特别漂亮的人，她也要去看一看，学一学自己到底比别人差在哪里。

有一次，她听人家说有一个叫西施的美女，长得特别漂亮。据说，这西施走在路上，天上的大雁看到她都会羞惭得从空中跌落下来。

听到这个消息，东施非常高兴，她想这个西施一定有什么办法让别人喜欢她，自己一定要学到这种办法。于是，东施想方设法打听到了西施住的那个村子的位置所在。

这一天，东施来到了西施所住的村子的村口，远远地看见一个老人家拄着拐杖慢慢悠悠地从村子里走了出来。东施连忙走上前去，施了一礼，然后问老人家："这位老人家，请问西施住在哪里呀？"

老人咳嗽两声，清了清嗓子，回答道："你问西施啊，她家就在那边……"说着，老人抬起手指向身后的一个方向，"哎，你看那西施正好在家门口。那个扶着墙，捂着胸口的女孩子就是西施。"

顺着老人手指的方向看去，东施果然看到在不远的地方有一个身材消瘦的女孩子。

谢过了老人家，东施赶忙向西施住的地方走去，她没有向西施打招呼，而是默默地观察起来。

东施发现这西施正用一只手扶着墙，另一只手捂着胸口，两道眉毛紧紧地拧在一起，闭着双眼，额头还渗出了汗珠，那样子好像是非常忧伤，又像是身体非常难受，嘴里还时不时发出低低的呻吟声。

东施仔细地将西施的一举一动都记在了心里，她想这一定就是西施最美的样子了，否则她为什么要那样一动不动呢？其实，东施不知道西施有一个心口疼的毛病，她看到西施的时候正赶上西施发病。西施的表情和动作，正是心口疼起来时的样子。

随后，东施离开了西施住的村子，回到了自己的家里。

到了家，东施赶忙对着镜子开始练习起来。她仔细回忆着西施的样子，一只手扶着墙，另一只手捂着胸口，紧皱眉头，闭着双眼。她又想起来，西施额头上有些微的汗珠。可是她哪知道，那是西施因为心口疼出的虚汗。东施也真会想办法，就用手蘸了点儿水抹在了额头上。练了半天，她觉得差不多了，就想到外边去试一试。

东施穿上自己最漂亮的衣服，涂上厚厚的胭脂，抹上浓浓的红嘴唇，就出门了。她刚走了几步，就看见一个壮汉从地里干活儿回来，正扛着锄头往自己这边走过来。东施急忙站到墙边，一手扶墙，一手捂着胸口，皱起眉头，嘴里还哼哼唧唧的。那壮汉走着走着，突然看到眼前这一幕，被吓了一跳，再一看这个女子的样子实在是太难看了，赶紧撒腿就跑了。看着壮汉走远，东施挠了挠头，心想：这壮汉肯定没见过我这么漂亮的美女，不懂得欣赏。

于是，东施继续往前走。忽然，她看见前面走过来一个大姐，怀里还抱着个小宝宝。这大姐一边哄着孩子，一边唱着歌谣。东施一看高兴坏了，这大姐肯定比刚才的壮汉要懂得欣赏。东施马上恢复了刚才的姿势，一手扶墙，一手捂胸口，皱眉，闭眼……哪知道，那大姐看到东施的样子先是发了一阵呆，紧接着大姐怀里的孩子突然看见了东施，“哇”的一声哭了出来，那声音大得简直整个村子的人都能听见。那位大姐一看怀里的宝宝哭了，连忙转身跑开了。

东施看到这一幕，纳闷儿了，这是怎么回事啊？是我学得还不像吗？她于是边琢磨自己哪里做得不对，边继续往前走。东施正走着，忽然看到一位老大爷正靠着路边的大树乘凉。这时，老大爷正打开了手里的葫芦喝着水。东施心想：这老大爷年龄大，眼界宽，肯定懂得欣赏。于是，东施马上继续做出那个经典姿势，扶墙，捂胸口，皱眉，闭眼……哪知道，那个老大爷刚喝完一口水还没咽下去呢，看到东施这个样子，“噗”一下把嘴里的水全都吐出来了。紧接着，老大爷甩开膀子就跑了。

扫二维码
听嘉庆叔叔讲故事

看着老大爷跑远的背影，东施觉得很奇怪，为什么同样的动作，西施做起来就那么招人喜欢，让人夸赞，而自己却没有招来别人的欣赏呢？

在这里嘉庆叔叔要强调一件事情，古文原文先介绍了西施，再引出了东施。但为了更加鲜明地突出《东施效颦》这个故事的主人公和主题，嘉庆叔叔采用了先让东施出场的方法。人物的出场顺序，也是我们在编写故事的时候，需要特别注意的地方。以后有机会，嘉庆叔叔会专门给大家讲一讲关于人物的出场顺序的问题。

跟嘉庆叔叔练写作

一、请尝试分析《东施效颦》这个故事中共描写了几个人物，他们的举止动作有什么不同。而主人公东施最典型的举止动作是什么？

二、请尝试描述爸爸、妈妈或者身边的熟人日常生活中最典型的一两个举止动作。

三、请尝试描述某部动画片中某个人物的举止动作，比如《熊出没》里的光头强，《海底小纵队》里的巴克队长、呱唧，或者《小猪佩奇》里的猪爸爸、佩奇和乔治等，他们的行为举止都有什么特点。

第四个故事：好好先生

——如何利用语言特点塑造人物

原文

后汉司马徽不谈人短，与人语，美恶皆言好。有人问徽："安否？"答曰："好。"有人自陈子死，答曰："大好。"妻责之曰："人以君有德，故此相告，何闻人子死，反亦言好？"徽曰："如卿之言，亦大好！"今人称"好好先生"，本自此得。

——《古今谭概》

现代文翻译

东汉末年的司马徽从来不谈论别人的短处，与别人谈论，美丑都说“好”。有人问司马徽：“身体好吗？”他回答说：“好。”有人告诉他自己儿子的死讯，他回答说：“很好。”他太太责备他说：“人家是认为你有高尚的品德，才把儿子的死讯相告，哪有听说别人死了儿子，反而说很好呢？”司马徽说：“像您刚才的话，也很好！”如今世人所称的“好好先生”一语，其出处就来自于此。

一个故事中的人物之所以能在听众或者读者的脑海里形成独特而生动的形象，除了五官相貌、穿着打扮、举止动作，还有一点非常重要——就是语言。每个人物由于性别、性格、年龄、学历、经历、职业等原因，说话的特点都不尽相同。你很难想象，一个大字不识、面朝黄土背朝天的庄稼汉，可以满腹经纶，咬文嚼字。你也很难想象，一个纤瘦细腰、风姿绰约的大家闺秀，大说大笑，大吼大叫。所以，一个人物必然有一个人物独特的语言特点。所以，我们可以用语言特点来更好地塑造故事中的人物形象。

在讲故事的时候，不同的人物有不同的处理方法，这在《嘉庆叔叔教你讲故事，练口才》一书中专门用了一个单元的篇幅来讲解，在这里就不再赘述了。

一个人物的语言特点按照使用的习惯，大体分为两种，一种是客观式语言特点，另一种是主观式语言特点。

客观式语言特点，讲得浅显些，就是由于性别、年龄、职业、家庭环境等这些客观外在的原因，造就的人物的语言特点。比如，一个十年寒窗苦读的秀才，在说话的时候时常会引经据典、旁征博引，满口的之乎者也；一个庄稼汉在说话时，很可能是满口的方言俚语。这类特点，需要我们日常多积累多观察，总结归纳出一定之规。我们观察得越多，积累得越多，在描写人物的语言特点时就越精准，越生动。

下面再来说主观式语言特点。其实，主观式语言特点，就是指由人物的性格、习惯而导致的语言特点，也就是咱们常说的“口头禅”。这种塑造人物的方式，在动画片里经常看到，比如《超级飞侠》里面，乐迪在遇到困难时，就会说“是时候请出超级飞侠了”。这就是口头禅。口头禅，是塑造人物形象的利器，不光是故事，人们在欣赏一部文学作品的时候，不论是小说、话剧，还是影视剧，往往最令人印象深刻的就是某个人物的某句口头禅。这个技巧运用得巧妙，会令一个人物在人们的脑海里生根发芽，历久弥新。

下面嘉庆叔叔将给大家讲讲成语故事《好好先生》，大家注意看一下这个故事里的人物的语言有什么特点。

嘉庆叔叔写故事

好好先生

在东汉末年，有一位名叫司马徽的读书人。据说这是一个学识渊博、心思缜密的人。由于他心思明白、性格旷达，人们还管他叫水镜先生。可是，和司马徽有过交往的人，却都不这么看。因为，不论是谁向司马徽请教问题，也不论请教的是什么问题，他的回答就只有一句话：“好，很好，很好！”

有一次，有一个邻居怀里抱着一幅画找到司马徽，先是深施一礼，然后恭恭敬敬地说：“先生，晚辈昨天刚刚画了一幅花鸟画，您能不能给品评品评？”

只见司马徽坐在那里，闭着眼睛，捋着胡子，微微地点了点头，说：“好。”

于是，那个邻居轻轻地把画掏了出来，放在桌子上慢慢地打开：“您看这画怎么样啊？”

司马徽这时才微微睁开眼睛看了看，接着又把眼睛闭上，捋着胡子说：“好，很好。”

那个邻居有些不高兴了，认为司马徽是在敷衍他，可是由于是自己请教人家，也只好耐着性子，接着说道："晚辈觉得，这画上的小鸟还不够漂亮，我想把尾巴再改得大一点儿，您说怎么样？"

司马徽这次连眼睛都没睁，就连连点头，接着说道："好，很好，很好！"

邻居有些生气了，就索性问了一个相反的问题："我如果把尾巴改短一点是不是更好看啊？"

司马徽还是点着头说："好，很……"

还没等司马徽说完这句话，那个邻居就抓起那幅画一扭头，气冲冲地走了。

还有一次，司马徽一个朋友的儿子因为突发暴病而亡。朋友觉得司马徽是一个非常有学识而且很值得尊敬的人，就带着万分的悲痛，想把这件事告诉司马徽。朋友一进司马徽家门，看到司马徽像往常一样端坐在桌旁喝茶，于是带着哭腔说："司马先生，我今天来，是向您告知一件非常悲伤的事情。"

扫二维码
听嘉庆叔叔讲故事

司马徽听到这里，眼睛也没睁，就说："好。"

朋友接着说："我的儿子得了暴病，就在昨天夜里，死了。"说到这里，朋友悲从中来，忍不住哭了出来。

司马徽睁开眼睛，看了看朋友，但没说什么。等朋友哭了一会儿，司马徽才慢悠悠地说："好，很好。"

朋友听了这话，大惊道："什么？我的儿子死了，你却说好？"

司马徽就像没听到对方的话一样，说道："很好，很好。"

朋友这下可实在忍不住了，冲着司马徽大叫道：“我原以为您是一位有知识、有道德的老先生，才来向您告知一声。没想到你是一个只会说好，且不分好歹、轻重的人。我算是瞎了眼，还拿你当朋友！”朋友说完，一跺脚，一甩袖子，扬长而去。

等朋友走后，司马徽的妻子从外面走进来说：“刚才朋友的话，我在外面都听到了。这可真是你的不对了。人家家里死了儿子，悲痛万分，因为敬重你才来向你倾诉。你不说安慰一下，反倒一句一个好，哪有你这么说话的？”

听了这话，司马徽依旧捋着胡子，慢条斯理地说：“你刚才说的这番话呀，也好，很好，很好。”妻子看到司马徽仍旧只会说好，就摇了摇头，离开了。

从此以后，司马徽就有了一个新的名字——“好好先生”。

后来，好好先生，就用来形容那些没有原则、没有立场，遇到任何事情都只会说“好”的墙头草、和事佬。

跟嘉庆叔叔练写作

一、请尝试分析《好好先生》这个故事主要描写了主人公司马徽什么样的语言特点，并且分析司马徽的这个语言特点共使用了几次，每次使用的时候又有什么不同?

二、请尝试描述我们周围的熟人的语言特点，可以着重描述一两个人。

三、请尝试描述某部动画片中某个人物的语言特点，包括客观式语言特点和主观式语言特点。比如《熊出没》《喜羊羊与灰太狼》《超级飞侠》《汪汪特工队》里的人物。

第五个故事：不入虎穴，焉得虎子

——综合训练

原文

官属皆曰："今在危亡之地，死生从司马！"超曰："不入虎穴，焉得虎子。当今之计，独有因夜以火攻虏使。彼不知我多少，必大震怖，可殄尽也。灭此虏，则鄯善破胆，功成事立矣。"

——《后汉书·班超传》

现代文翻译

随从都说："我们现在身处危亡境地，生死听从司马决定！"班超说："不入虎穴，怎么能抓到老虎的崽子呢。现在，只有趁夜

晚用火进攻匈奴使者。他们不知我们有多少人，必定大感震惊恐怖，我们必定能打败他们！只要消灭了这些人，鄯善王广就会吓破胆，我们大功就告成了。”

嘉庆叔叔写故事

不入虎穴，焉得虎子

这个故事发生在将近两千年前的东汉时期，当时的汉明帝时期有一员大将名叫班超。这个班超能征惯战，而且有勇有谋。

这一次，皇帝派班超出使西域，与鄯善国建立友好的外交关系，以联合起来对抗一直侵犯大汉边境的匈奴。

这个鄯善国就在我们现在的新疆一代。班超带着几十名亲随的士兵来到了鄯善国。最初到那里的时候啊，鄯善国王对班超和他的士兵们款待得非常周到，可以说是要吃有吃，要喝有喝，不管提出什么样的要求，都会尽量满足；哪怕是级别最低的士兵，每顿饭也都有酒有肉，四菜一汤；他们居住的地方也非常豪华，每个人都有独立的单间，每个房间的被褥都是用最珍贵舒适的材料制作而成……每个细节都表明鄯善国王非常想与汉朝交好。所有的人都以为，这次和鄯善国交好这件事一定会非常顺利，班超他们就等着回家去向皇帝表功了。

但是人们没想到的是，有一天晚上，正值吃饭的时候，班超正在房间里看书，门外忽然有人敲门："大人，您的晚饭到了。"

班超喊了一声"进来"。

随即，只见一个仆人端着一个普通的托盘，走了进来。

看到这个情景，班超心中一愣："咦？每次送饭来的都是三四个仆人，怎么今天只来了一个人？"再一看那托盘里的晚饭，班超就更吃惊了。原来，那托盘里曾经是珍馐美味，今天却只有两个干面饼、一盆稀面汤。

那仆人把托盘放下后，刚要退出去，班超问了一句："这就是今晚的饭菜吗？你有没有搞错啊？"

那仆人将头压得很低，轻声说道："大人，请放心食用，绝不会送错的。"

"哦？那我问你，我们同来的其他士兵，也是吃这个吗？"

"回禀大人，其他的士兵怎么能跟您比呢？他们就只有一个饼子、一碗稀菜汤。"

班超刚想要问个究竟，那仆人却一个转身马上就跑出去了。

班超看着眼前的干面饼和稀汤，心想：也许是鄯善国王觉得我们天天大鱼大肉吃腻了，给我们换换花样，清清肠胃。想到这里，班超轻轻一乐，就吃了起来。可是令他没有想到的是，从这一天开始，之后每天的饭菜都是这样，再也没有了酒肉，只有干面饼和稀汤。

到了第三天晚上，连干面饼都没有了，只剩下飘着一两片菜叶的稀汤。那个送饭的仆人刚把托盘放下，就好像生怕班超会问他什么似的一溜烟儿地跑了。

紧接着，门外就传来了噔噔噔的脚步声，门一响之后进来了一个人。这人浓眉大眼，长着连鬓络腮的大胡子，那胡须每一根都直直地立着，就像钢丝一样。这是班超手下一名很勇猛的士兵，名叫韩武。这韩武脾气暴躁，擅使一柄长枪，勇冠三军。刚迈进门槛，韩武就喊上了：“大人，这鄯善国是要饿死咱们吗？天天就给咱们喝稀菜汤子，兄弟们都饿成纸人了。咱们得找他们评评理去！”

韩武语音刚落，门口又站进来几个大汉，都是班超的亲随士兵，他们也是为吃得实在太差来找班超的。

班超笑了笑说：“都别着急。我也正在想这件事情。为什么咱们的饭菜会突然从有酒有肉变成了现在这个样子。你们有没有想过这是为什么？”

韩武说：“肯定是鄯善国觉得天天给咱们好吃好喝，太浪费银子，舍不得花钱了呗。”

班超摇了摇头说：“不对，鄯善国就算是再穷，这酒肉饭钱还是花得起的。这其中一定另有蹊跷。”

韩武和其他的士兵都忙问道：“什么蹊跷？”

“这饭菜的变化，代表着鄯善王对咱们的态度的变化。对咱们的态度的变化，就代表着对大汉的态度的变化。那么鄯善王为什么会突然改变了对我们大汉的态度呢？”说到这里，班超看了看在场的所有人。大家都面面相觑，不知道该怎么回答。

班超接着说：“肯定是有人在鄯善王的面前说了大汉的坏话，让他改变了态度。那么，这个说大汉坏话的人又会是谁呢？”

韩武抢道：“那肯定是大汉的仇人呗！”

“那么，这个仇人会是谁呢？”说到这里，所有人都眼前一亮，异口同声地说道，“匈奴！”

想到这里，大家都明白了，但班超对大家说，这仅仅是猜想，还没有证据来证实。为了确定自己的猜想，班超决定用计诈一诈鄯善国王。他命令士兵去请一位鄯善国的下臣，说是有很重要的事情要商量。

过了不大的工夫，鄯善国的那名下臣走了进来。班超见这位下臣长着一张圆圆的脸盘，一对黄豆粒儿大的小眼睛，一颗蒜头一样

的鼻子，两撇山羊胡子微微翘着。一走进来，这位下臣的眼珠子就滴溜溜乱转，一看就知道他的心里肯定有不可告人的秘密。

班超先是和颜悦色地问他：“我们来到鄯善国时间也不短了，国王什么时候召见我们，跟大汉结盟啊？”

那下臣捋了捋嘴上的山羊胡，慢条斯理地说：“大人，您别着急嘛，这结盟可不是小事，我们国王想好了，自然就会召见您了。”

班超一看这小子是个老滑头，于是话锋一转，开门见山地问道：“我听说北匈奴使臣已经来了好几天了，他们现在在哪里啊?”

一听这话，下臣连忙装傻充愣地说：“大人，您别着急嘛，您说话慢点儿，我不明白您说的是什么？”他嘴上虽然这么说，但他脸上的表情完全不对，那对小眼珠转得就更快了。他心想：“咦?匈奴来人的事情没有人告诉他们啊，这些汉人这些天也没出去啊，他们是怎么知道的呢？”

一看到下臣的脸色变化，班超立刻明白了自己的判断是正确的，于是不慌不忙地接着问道：“我说的话你听不懂吗?我是问，匈奴使臣在哪儿？”

下臣说：“您别着急嘛。匈奴使臣，哪里来的什么匈奴使臣?我没见过呀！”

听了这话，一旁的韩武一拍桌子，立刻抽出刀来架在了鄯善国那个下臣的脖子上，那下臣吓得腿都软了，吞吞吐吐地说：“您……您……您别……别着急嘛，只要不杀我，我……我什么都说！”

随后，这下臣就把匈奴派来使臣向鄯善国说汉朝坏话的事情一五一十地讲出来了。

班超听完了下臣的讲述，立刻让韩武召集手下的所有士兵。士兵们来到班超的营帐里一看，班超摆下了几十碗水酒。大家不明白这是怎么回事，就疑惑地望着班超。班超端起眼前的一碗酒说："各位兄弟，我们一起来到这西域鄯善国，本来是想和他们国王交好，回去复命必然是大功一件。可是眼下，鄯善国王受到匈奴的蛊惑，这些天咱们的餐饭饮食是每况愈下。他们是想先消耗咱们身体和精神，最后将咱们一网打尽。"这些士兵一听这话就急了："将军，那您说我们该怎么办哪？"韩武这时候插嘴道："还能怎么办？跟他们拼了。"

扫二维码
听嘉庆叔叔讲故事

班超将韩武的手往下压了压，让他别出声，接着说道："就是跟他们拼也不能这么硬碰硬。我想就在今天晚上，趁匈奴人不备，偷袭他们的营帐，将他们斩草除根。"

有的士兵胆怯了，说道："将军，那匈奴人十分彪悍，而且他们来的人肯定不少。咱们一共就这几十人，万一偷袭不成怎么办？"一听这话，原本有些斗志的士兵也有点儿打退堂鼓了。

班超一看这情形，立即斩钉截铁地说道："如果我们继续在这里等下去，必然会有一死。同样是死，我们还不如冒一次险。我们这些人个个身经百战，出其不意，攻其不备，说不定能一举成功。而且，匈奴那边的情况我已经探听清楚，他们每天晚上都会大摆酒宴，狂饮烂醉。咱们此去必能得手。要知道，不进入老虎的洞穴，怎么可能抓住老虎的崽子呢？”

大伙一听，班超说得有道理，就重新燃起了斗志。这时，班超端起了酒碗：“愿意今天晚上跟我干的，喝了眼前这碗酒，不愿意的，我绝不强求！”说完他一仰头，就喝了下去。其他的士兵也都端起酒一饮而尽。

当天晚上，班超一共带着三十六名士兵趁夜偷袭了匈奴的营帐，将几百名匈奴人一个不剩全部消灭。

在杀了匈奴人之后，鄯善国王一看大汉士兵竟然如此勇猛，被吓破了胆，再也不敢和匈奴人结交了。于是，班超他们胜利完成了皇帝交给他们的任务，与鄯善国结盟回朝。

这就是《不入虎穴，焉得虎子》的故事。后来，这个成语用来形容只有深入危险的境地，才能得到自己想要得到的宝贵的东西。

跟嘉庆叔叔练写作

一、分析《不入虎穴，焉得虎子》这个故事，里面一共有几个人物？分别采用了什么样的方法来塑造人物。

二、请尝试至少用两种以上的方法（如五官相貌、穿着打扮、举止动作、语言习惯）来塑造一个你最熟悉的人物，比如爸爸、妈妈、老师、同学等。

第三章

写物的方法

不论是讲故事，还是写文章，我们经常需要对各种事物进行描述。这一章，我们就针对描写事物的方法和大家做一个探讨。事物，其实泛指除了人物之外的一切，包括静物，也包括动物；包括微小的物体，也包括巨大的物体。

第一个故事：买椟还珠

——静物（近物、小物）的描写

原文

楚人有卖其珠于郑者，为木兰之柜，薰以桂、椒，缀以珠玉，饰以玫瑰，辑以翡翠。郑人买其椟而还其珠。此可谓善卖椟矣，未可谓善鬻珠也。

——《韩非子·外储说左上》

现代文翻译

有一个在郑国卖珠宝的楚国人。他用名贵的木兰做了一个装珠宝的匣子，将匣子用桂椒调制的香料熏了好久，又用珠宝和宝

玉点缀，用翡翠装饰。有个郑国人把匣子买了去，却把匣子里面的珠子还给了他。这可以说，这个珠宝商人很善于卖盒子，而不善于卖珠宝。

今天，我们先来聊一聊静物描写，这里重点要聊的是和我们距离比较近的微小的物体。

离我们比较近的物体和微小的物体，在描写方法上有哪些需要注意的呢？

其实描写这些物体，只要从它的特点出发就好了。由于距离近，所以看得清楚；由于特别小，所以更容易看到全貌，所以描写这些物体的顺序，就是要从全貌到细节，从整体到局部，观察精准，做到准确无误。光这么说可能还比较笼统。

那么，不管是整体还是局部，我们应该观察的有哪些方面呢，其实无外乎这么几点：形状、颜色、气味、手感、声音、细节。其中，细节主要是指配饰、花纹或者某些独特的特点。只要是按照这样的顺序和规律来描写一个静物，就可以做到游刃有余。

下面嘉庆叔叔就用《买椟还珠》这个故事来给大家具体展示一下如何描写静物。

嘉庆叔叔写故事

买椟还珠

话说在春秋时期，楚国有一个很会做生意的商人。他最大的本事就是能把用低廉的价格买到手里的东西用昂贵的价格卖出去。

一次，这个商人得到了一颗价值连城的夜明珠。这夜明珠啊，足足有鸭蛋那么大。他做了一辈子买卖也没见过这么大的夜明珠。不仅如此，这颗珠子通体翠绿，没有一点儿瑕疵。而且这珠子是半透明的，从珠子表面能够看到珠子里面细细的纹路。最珍贵的是这珠子能够发出翠绿色的光芒。如果把这颗珠子放在一块白布上，那白布就会被映成绿色；如果把珠子放进一盆清水中，盆里的水也会变成绿色；到了夜晚，这珠子发出的绿色光芒，能够给迷路的行人照亮回家的路。

商人看着手上的这颗夜明珠，喜欢得不得了，他这次一定要想办法把这颗珠子卖上个好价钱。于是，他决定给这颗夜明珠配一个漂亮的盒子。商人用尽各种办法以使这个盒子显得豪华、美观，用以衬托那颗夜明珠的稀有和珍贵。

在做完了一切准备工作之后，商人打听到在郑国都城有一个大富翁，很喜欢收藏各种奇珍异宝，于是他就来到了郑国，并且打听到了这个富翁的住处。

通过仆人的引领，商人拿着装有夜明珠的盒子，来到了大富翁的客厅。仆人给他端来一杯茶，让他稍微等候一下。仆人表示马上就去请富翁出来。

刚喝了一口茶，商人就听见外面有人大声喊道："既然有人拿着好宝贝来找我，为什么不早点儿跟我说啊？好宝贝在哪儿啊？"

商人一听，知道肯定是那位大富翁要到了，急忙放下了茶碗，顺着声音向外望去。很快，他看到一个穿着非常华丽的中年人快步走了进来。这中年人身材微胖，双手扶着腰带，那腰带上挂着一枚玉佩。商人一看就知道这玉佩是件古董，价值不菲。再往对方脸上看，这中年人一张大脸四四方方，就像一张棋盘插在了脖子上。一对棒槌眉，细长的眼睛眯成一条缝，高鼻梁，大嘴巴，那嘴真是够大，几乎能占到半张脸，此时正大张着发出哈哈的笑声。

商人见到中年人进来了，赶紧上前躬身施礼。中年人忙用手扶住商人，并说道："先生自楚国远道而来，一路劳苦了，别这么客气了。请问先生，您带的宝贝在哪里呀？"

商人一听，心想：这个富翁可真是个爱宝贝的人，一见了面马上就问宝贝在哪儿，看来这回我一定能把这夜明珠卖个好价格。想到这里，商人赶紧从自己随身的袋子里拿出了那个装着夜明珠的盒子，双手轻轻地把它递到了富翁的面前。

富翁一看到这盒子，两只眼睛立刻放出两道光来，就像手电筒的光柱一样罩住了这个盒子。他赶紧用双手接过了这个盒子，仔仔细细地打量起来。这个盒子四四方方，顶盖微凸，就像一座小小的拱桥，比手掌稍稍大，压在手上有些分量。盒子整体呈棕黑色，显示出一种严肃、古朴的感觉。盒子周身都雕刻着细致的花纹，仔细一看是菊花的花瓣，整个盒子就像一朵绽放的菊花。在盒子的正前方，有一枚精心打造的小锁，只有小拇指盖那么大。再仔细一看，这小锁被打造成了菊花的花蕊模样，小锁所在的位置正好就是那朵菊花的花蕊处。再往盒子的四壁上看，盒子周围都镶着翡翠和玛瑙做成的菊花花托和花茎。看了一会儿，富翁又凑近盒子闻了闻，一股淡淡的清香扑鼻而来，仿佛自己真的闻到了菊花的香气一样。原来呀，那个商人为了让这个盒子更加精美，不仅雕刻了花纹，镶嵌了翡翠、玛瑙，还用桂、椒等香料熏制了很多天，从而让这盒子时时散发出一种淡淡的香味。

富翁拿着这个盒子看了半天，爱不释手，不经意地一抬头，发现这楚国的商人正笑呵呵地看着自己，他立刻明白了，忙问道："先生，您这宝贝要多少钱呀？"

商人一看富翁这么喜欢这宝贝，就咬了咬牙，狠了狠心，说出了一个比自己曾经预想的价格还要高很多的价格。他本以为，那富翁听了一定会还一还价，或者至少说几句太贵了之类的话。哪知富翁哈哈一笑，说道："哈哈哈，这个价格不贵！来人哪，快把钱给这位先生。"

听到富翁这么一说，商人可是乐坏了，他心想：这回可发财了，连珠子带盒子算在一起，一下赚了两倍多呀！他正高兴呢，旁边的仆人已经把钱放到了他的手里。商人怕富翁反悔，接钱在手后，赶忙道了声谢就往外走。谁知他刚走到外院门口，突然听到里面的富翁一声大喊：“慢着，你回来！”

一听这喊声，商人吓坏了，心想：“不好，这富翁准是后悔了，嫌价格太高了，要退货。”商人慢慢地把脚撤回来，身子一转，冲里面的富翁问道：“您有什么吩咐？”

富翁此时已经打开了盒子，只见他用一只手从盒子里将那颗夜明珠拿了出来，对商人说：“我只要盒子，你把这个拿回去。”

听了这话，商人有些发蒙，他没想到会是这样，一时没反应过来，问道：“您说，您不要这个珠子？”

扫二维码
听嘉庆叔叔讲故事

富翁说：“是啊，我买的是这个盒子，要这破珠子干吗？”

商人突然明白过来了，原来这个富翁不识货，不知道这珠子比那盒子值钱得多。想到这里，商人赶紧跑了几步，把珠子接过来，一溜烟儿地跑出了院子，一边跑着，一边把这珠子塞进了自己的怀里。商人想：“哈哈，这个富翁可真是不识货，这次我可真的赚大发了！”

跟嘉庆叔叔练写作

分析一下《买椟还珠》这个故事，嘉庆叔叔用了几次静物描写，分别描写的是什么物品？又是从哪些角度描写这些物品的？

玩着玩着就会了

在桌子上摆放若干物品，把它们排成一列。比如：一个书包、一本书、一个文具盒、一支钢笔、一枚发卡、一个水杯、一个钱包等。然后，闭起眼来，手指随意摆动，睁开眼后，手指指向了哪个，就用语言描绘它的形状、颜色、图案、花纹、气味等特点。为了增加趣味性，还可以找两三个同学一起来玩儿。先口头描述，然后用文字记录下来，形成一篇篇小文章。

第二个故事：望庐山瀑布

——景色（远景、巨物）的描写

原文

日照香炉生紫烟，遥看瀑布挂前川。

飞流直下三千尺，疑是银河落九天。

——唐 · 李白《望庐山瀑布》

现代文翻译

火红的太阳照耀着香炉峰，那峰顶不断生出袅袅的紫烟。远远望去，瀑布像长河悬挂山前，仿佛三千尺水流从天而下，更像是灿烂的银河从天空直落这山崖。

我们在学完了近物、小物的描写之后，下面我们来探讨一下远景和巨物的描写手法。其实我们一般能够遇到的远景和巨物就是山川、河流、园林、建筑等。远景的描写相对于静物而言稍难一些，因为我们很难从整体看到远景的全貌，只能揣度和想象巨物的整体。而且景色内部的景观和细节往往很多，很难做到张弛有度，抓准特点。

虽然景色描写有一定难度，但也不是没有规律可循。我们在描写景色的时候，有一个小窍门，那就是从某一个角度或者位置为出发点进行观察，将景色中的细节逐一进行描写。一个角度下的景观描写完之后，再换一个角度或者位置进行观察，并逐一描写。切忌东一榔头西一棒子、出发点随意转换、囫囵吞枣没有细节。

下面嘉庆叔叔就以李白的《望庐山瀑布》为例，给大家做一个描写景色的范例。

嘉庆叔叔写故事

望庐山瀑布

公元756年，也就是大唐玄宗末年，这一年李白已经五十六岁，在那个年代已经算是个垂暮老人了。

那一年也是安史之乱的第二年，天下到处都是兵荒马乱。尤其是长安城，曾经的繁华早已不再，百姓民不聊生。为了躲避战乱，保全性命，李白来到了江西庐山，这已经是他此生第二次来到这里。上一次来庐山还是三十一年前，那时他还是个生龙活虎的小伙子，满腹经天纬地、指点江山的大志向。可现在他已经是个须发皆白的老人了。

来到了庐山之后，李白还是没改变喜欢读书和作诗的习惯，并且建了一所读书草堂，每天就是喝酒、写诗、读书。

这一天清晨，李白醒得很早，那东方的太阳还没从被窝里爬出来，李白决定赶在太阳出来之前去看看山景。顺着秀峰的山道，循着瀑布的隆隆声响，他出发了，但他终究是老了，步伐有些慢。他本指望爬到山顶和朝阳一同享受这秀丽的美景，可是他还没爬到山腰时，那东边的峰顶已经被日光染红了。早晨的庐山被一片云蒸霞蔚笼罩着，漂亮极了。李白停下了脚步，决定好好看一看清晨的庐山与平时有什么不同。

李白的目光顺着一抹朝霞从东方投向西北方的秀峰时，一种异样景观呈现在眼前。那山峰顶尖下圆活像一个香炉，而更加令人称奇的是，那山间的霭霭云烟就像是从这香炉中冉冉升起的人间香

火，再加上阳光和云霭的相互作用，使得冉冉上升的云烟呈现出了一种难得的青紫色，让人不禁怀疑自己是否依然身在人间。

顺着香烟环绕的山峰向上仰望，一道瀑布在鹤鸣峰和行龟峰的挤压中倾泻而下。人们从数里外就能够听到它砸向谷底的声音，那

声音如龙吟，似虎啸，透露着一阵阵威严和气势。这就是久负盛名的黄岩瀑布。这瀑布就像一条飞驰着的骏马的白色马尾在落谷之前轻轻甩起，骥尾摇风；又像一道白练从峰顶直挂而下。李白望着这胜景，心中澎湃不已。此刻，他忘了自己一生经历的起起伏伏，忘了天下的硝烟纷争，他的心里只有眼前这一道从天而降的瀑布。他觉得这震人心魄的景象，简直无法形容。于是，一首旷古烁今的七言绝句从李白的心底飞出：

扫二维码
听嘉庆叔叔讲故事

“日照香炉生紫烟，遥看瀑布挂前川。

飞流直下三千尺，疑是银河落九天。”

跟嘉庆叔叔练写作

一、分析一下《望庐山瀑布》这篇文章，作者分别描写了庐山瀑布中的哪些细节？又用了哪些修辞手法？

二、试着根据嘉庆叔叔介绍的方法，按照你自己的理解将《望庐山瀑布》这首小诗改写成一篇300字左右的短文。

玩着玩着就会了

尝试从某个角度远眺，比如自家或教室的窗口，某座山的山顶或山腰，并将所在角度视线所及的景色，用自己的语言描绘出来。为了增加趣味性，也可以两三个同学一起，朝着不同的方向和角度远眺，然后用语言描述自己所看到的风景各有什么不同。先用语言描述，再形成文字作品。

第三个故事：画龙点睛

——动物的描写

原文

张僧繇于金陵安乐寺，画四龙于壁，不点睛。每曰："点之即飞去。"人以为诞，固请点之。须臾，雷电破壁，二龙乘云腾去上天，二龙未点眼者皆在。

——唐·张彦远《历代名画记·张僧繇》

现代文翻译

张僧繇在金陵安乐寺墙壁上画了四条龙，但没有画眼睛，他常常说："点了眼睛龙就飞走了。"人们都认为很荒唐，就请他为龙

点上眼睛。张僧繇就给其中的两条龙点上了眼睛。可眼睛刚一画好，那堵墙壁上就雷电交加，那两条点了眼睛的龙就腾云驾雾飞上了天，另外两条没有点眼睛的龙，还在那堵墙壁上。

前面所讲的不管是近处的静物，还是远处的景色，都是静态的、不动的。另外，无论在日常生活中，还是文学作品中，都少不了鲜活的生命，也就是动物。它们体型各异、千姿百态，如何描写动态中的生命，比起描写静态的物体，难度恐怕会更大一些。但这其中也有可以遵循的规律和原则。

描写动物的方法，和描写静物一样，可以从整体到局部，也可以从细节到全貌。而且既然是描写动物，就和描写人物有着相通的规律可循。因为人，其实就是高级动物嘛。动物也有头、身、四肢，当然很多动物还有尾巴，动物虽然一般都不穿衣服，但是都有毛皮花色。动物虽然不会像人一样说话，但是也有各自的动作习惯、神态表情。抓住这些内容，用自己的观察和语言，逐一将这些项目填空、补足，最后就会有一个呼之欲出、栩栩如生的动物形象出现了。

下面嘉庆叔叔就用《画龙点睛》这个故事，来尝试动物的描写方法。另外，需要强调的是，这个故事里的动物是“龙”。龙是传说中的动物，这类动物描写起来完全需要想象，所以难度可能更大。而描写其他的日常可见的动物，就更加有章可循，也更容易些。

嘉庆叔叔写故事

画龙点睛

话说南北朝时期，有一位著名的画家名叫张僧繇，他擅长画各种动物。他画出小鸟，每一只都栩栩如生，仿佛能听到它们的鸣叫声；他画的老虎，威风凛凛，好像随时要从画上跳下来吃人；他画的骏马，四蹄腾空，简直随时都要长啸一声，绝尘而去……但张僧繇最擅长的要数画龙。

有的人曾经问过他，为什么最喜欢画龙呢？他回答说：“因为龙是万兽之首，它的身上集合了很多动物的相貌特点，龙有着狮头、鹿角、牛耳、虾须、猪鼻、蛇颈、鹰爪、鱼鳞。所以能画好龙，也就能画好所有的动物。我特别喜欢画龙。”

当时的人们流传着很多关于张僧繇画龙的故事。其中最著名的就是咱们今天要讲的这个“画龙点睛”的故事。

话说有一年，金陵的安乐寺重新修缮庙宇，其中有一面墙空着，庙里的方丈就请来张僧繇想让他在这里画上四条龙。

张僧繇每天认真作画，一丝不苟，用了很多天的时间，终于在

墙上画好了四条白龙。

龙画好的时候，很多人前来观看。大家仔细一看，这四条白龙在云间穿行游走，虽然是画上的，但人们似乎真的感觉到了它们随时打算破墙而出，乘雷上天。其中，有一个好事的小伙子，凑到墙壁跟前，说：“都说张先生的龙，是活灵活现，栩栩如生，而且是狮头、鹿角、牛耳、虾须、猪鼻、蛇颈、鹰爪、鱼鳞。今天咱们倒要仔细研究研究，看看是不是真的如此。”周围的人听他这么一说，都纷纷围得更近了，仔细研究起了这四条龙。

张僧繇看大家如此细致地观察起来，自己反倒往人群外面退了退。他趁机看了看刚才说话的那个小伙子，这个人身材不高，尖嘴猴腮的，说起话来嗓音很尖，速度很快。张僧繇仔细一想，这个人自己见过，人们都管他叫快嘴李四，最喜欢惹是生非。

过了一会儿，人群中有人喊道：“真的呀，一点儿都不错。就像传说中的一样，这龙的身上集合了那么多动物的特点。张先生真是好画功啊！”

其他的人也都觉得有理，跟着附和。

可是，快嘴李四却突然大喊一声：“不对，这龙没画完。”这话一出口，所有的人又将目光转向了墙壁。

有人问道：“哪里没画完啊？”

“你真是眼瞎，这四条龙都没有画眼睛。”李四趾高气扬地叫道。

“对对对，是没画眼珠子。”有人仔细看了看跟着说。

快嘴李四摇头晃脑地走到张僧繇的面前，说：“张先生，您这龙怎么没画眼睛啊？”

张僧繇微微笑了笑，说：“这龙不能画眼睛，一旦画了眼睛便要腾云驾雾飞上天去了。”

听了这话，大家皆吃惊不小，只有那个快嘴李四大笑了起来：“哈哈哈，你别逗了。这画上的龙怎么可能飞上天去呢？”接着他眼珠一转，说道，“我明白了，都说这眼睛是最难画的。您一定是怕自己画不好才不敢画吧。没关系，不敢画就直说嘛，说不定我可以帮你涂上呢。”

听了这话，张僧繇有些生气，眯起眼睛看着李四不说话。周围的人素来都看不惯这李四的为人。有的人说：“不可能，张先生的画功是有口皆碑的。你看这四条龙，都画得这么漂亮了，怎么可能不会画眼睛呢？”旁边的人也都七嘴八舌地应和着。

可是李四却大声地说道：“既然他能画，为什么不画？还编出个理由来骗我们。什么画了眼睛的龙能上天？你们谁见过画上的东西能活？谁见过？”他这么一问，其他的人都没话说了。

是啊，谁见过画上的动物能活？大家都有些无言以对了，纷纷

将目光投向了张僧繇。

此时的张僧繇真的有些生气了，心想：这个快嘴李四真是太喜欢无事生非了，罢了，我就让你看一看我的本事。

想到这里，张僧繇提起笔，走到一条龙的前面，对大家说：“既然大家对我的画这么有兴趣，那就请大家一起观赏观赏吧。”

大家一听，张僧繇真的要为龙点上眼睛，就都围拢了过来，睁大眼睛，仔细观看，连眨都不敢眨一下，生怕错过了这千载难逢的奇观。

只见张僧繇用笔在身旁的丹青颜料中蘸了蘸，然后轻轻地将笔点在了一条龙的眼眶里。他的笔刚一触碰墙壁，仿佛就有一道金光在龙的身上闪过。随着张僧繇的笔锋在龙眼处轻快一转，人们仿佛看到了这条龙的龙须晃了晃，龙爪张了张，紧接着就有人叫道：“动了，尾巴动了。”果然，那条龙的尾巴开始左右摆动起来。那刚点好的眼睛随即眨了眨，那像蛇一样的身子开始慢慢舞动起来。看到这里，刚才还满脸不屑的快嘴李四已经张大了嘴巴，口水都流出来老长了，完全被眼前的一幕惊呆了。

张僧繇完全不顾大家的反应，又在另一条龙的眼眶处轻轻一点，一转笔锋。随后，那第二条龙像猪鼻子一样的鼻子吐出了两股浊气，发出哼的一声，眼睛慢慢眯起，爪子向上一抬，全身的鳞片泛出一道耀眼的金光，接着便是一阵晃动，就像是刚从河里出来的小狗用力要甩掉身上的水一样，那姿态非常可爱。

可接下来的事情，着实把大伙吓坏了。随着两条龙的身子动得越来越剧烈，那墙壁慢慢出现了一道裂缝。那墙壁上的云雾也开始翻涌滚动起来，两条龙的口中还不时发出老虎一般的吼叫声。那龙每吼叫一声，墙上的裂缝都会变得比先前大几分。

突然间，天空中阴云密布，一声巨雷从天而降，那声音就好像在每个人的耳朵边敲响了一面巨大的铜锣。这雷劈在了墙上，随着那道裂缝发出的轰隆隆的声音，两条龙乘着这雷飞舞而出。

这两条龙眼看就要飞上天去，猛然间，其中一条转回头来，张开了好像一道拱门一般的大嘴朝着地上的快嘴李四就冲了过来。这个时候的快嘴李四早已经吓得浑身瘫软，坐在了地上。看到龙张着大嘴朝自己袭来，吓得大叫一声："我的妈呀！"之后，他两眼一闭，以为自己要死了。

看到这种状况，张僧繇连忙在一旁一挥袍袖，那龙仿佛知道他的意思，便晃了晃脑袋，和天上的另一条龙会合后，钻进了乌云中，飞走了。

随即，天上乌云散去，重现光明，这时所有的人才缓过神来。那个快嘴李四还傻乎乎地坐在地上，他慢慢地睁开眼睛，发现大家都围着他，并用一种十分嘲弄的眼神看着他。

一旁的张僧繇指着剩下的一半墙壁，说："这里还有两条龙没有画上眼睛，要不要我画上呢？"

只见那快嘴李四连忙跪在地上，又是磕头又是作揖，嘴里说着："您别画了，别画了，都是我错了，我错了。"

这时，旁边有一个人抽了抽鼻子，说道："这是一股什么味儿啊？怎么又骚又臭啊？"大家低头一看，李四的身子下边已经湿成一片了，原来他刚才给吓尿了。大家看到这一幕，

扫二维码
听嘉庆叔叔讲故事

全都哈哈大笑起来。

从此以后，这个故事就流传开来。再后来，人们就用“画龙点睛”来形容做事和说话能够抓住主旨、点明要害。

跟嘉庆叔叔练写作

一、分析《画龙点睛》这个故事中对龙的描写是如何展开的？

二、请尝试将龙被点睛之后的一系列动态描写用自己的语言口头复述一下，然后再根据自己的理解写成一篇300字左右的短文。

原来这就是写作

放学后，或者假期里，到距离你家最近的菜市场、水产市场、花鸟鱼虫市场等地方，仔细观察一两样小动物。仔细看一看它们的形状、颜色、动态等，先用自己的语言描述出来，然后写成一篇文章。

第四个故事：朝三暮四

——综合训练（一）

原文

宋有狙公者，爱狙，养之成群，能解狙之意，狙亦得公之心。损其家口，充狙之欲。俄而匮焉，将限其食，恐众狙之不驯于己也，先诳之曰："与若芧，朝三而暮四，足乎？"众狙皆起而怒。俄而曰："与若芧，朝四而暮三，足乎？"众狙皆伏而喜。

——《庄子·齐物论》

现代文翻译

宋国有一个养猕猴的人，他很喜欢猕猴，养了一大群猴子。他能理解猴子们的心意，猴子们也很了解他的心思。他常常减少全家老小的口粮，来满足猴子们的欲望。然而过了不久，家里食物不够吃了，他想要限制猴子们吃的橡栗的数量，但又怕猴子们不听自己的，就先瞒哄猕猴们：“我给你们吃橡栗，每天早上三颗，晚上四颗，够吗？”猴子们一听，都站了起来，十分恼怒。过了一会儿，他又说：“我给你们吃橡栗，早上四颗，晚上三颗，够吗？”猴子们听后都服服帖帖的，非常满意。

嘉庆叔叔写故事

朝三暮四

从前，在宋国有一个老人家，他有一个独特的爱好，那就是饲养猕猴。

说到猕猴，它们长得可漂亮了，一身金黄色的毛在阳光下闪闪发亮；它们长着圆圆的脑袋，炯炯有神的眼睛老是眨巴眨巴的；它们的五官和人很像，能够做出非常丰富的表情，喜怒哀乐，皆形于色。猕猴身上最有力量的要数那两条长长的臂膀，猴子在树上上蹿

下跳，荡秋千，竖蜻蜓，全靠这两条臂膀了。有的母猴身后常背着一只小猴，也能够在树干之间自由地欢快地悠来荡去。

这老人家非常喜欢猕猴，他养了一大群，足有好几十只，有大有小，有老有少，有公有母。他和这些猴子相处得可融洽了。老人家高兴的时候就来找这些猴子分享自己的快乐，那些猴子便会随着他的喜悦上蹿下跳，甚至咧嘴大笑；老人家悲伤的时候，也会找这些猴子倾诉自己的委屈和痛苦，此时那些猴子就会静静地坐在地上聆听老人家的心声，老人有时甚至还会看到猴子们眼中的泪花。老人家觉得这些猴子是能够听懂自己的语言的。而猴子们的表情动作，老人家也能够理解和领会。

由于老人家养的猴子又多又好，那个时候人们管猴子叫作狙，于是人们就管这位老人家叫作狙公。

起初，狙公家里很殷实，每天都用最好的果子和粮食来喂养这些猴子，每天早中晚喂它们三顿饭。猴子们一个个吃得膘肥体壮，脑满肠肥。可是后来，狙公的家里变穷了。狙公看着这些可爱的猴子，实在不忍心让它们饿肚子，就把自己和家人的口粮都拿出来分给猴子们。宁可自己和家人挨饿，他也不忍让猴子们饿死。

再往后，狙公家里的境况越来越差，只能将原来的三顿饭改成两顿，食物的种类也越来越少，从原来的品种丰富，到后来只能喂猴子们橡果，最后就连橡果也不能让猴子们尽情享用了。狙公算来算去，每天只能给每只猴子七个橡果，这可比以前给的少多了，可是要怎么样才能让这些猴子接受而又不生气呢？这天晚上，狙公翻来覆去，一宿都没睡，终于想出了一个好办法。

第二天一早，狙公扛着一大袋子橡果，来到了猴子们住的地方。那些猴子们本来正在树上玩耍，一看见狙公背着一个大袋子，甭问那准是好吃的，就赶紧从树上下来，将狙公围了起来。有的猴子拍着手，有的跳到了狙公的身上，有的站在地上叽叽地叫着，有的甚至已经伸出爪子去拽狙公背上的袋子了，反正都是一副迫不及待的样子。

狙公连忙把袋子搂在怀里，喊了一句：“安静，安静！”

猴子们似乎真的能听懂狙公的话，立刻都停止了喧闹，直起了身子，用一双双小眼睛眨巴眨巴地看着狙公。

其中有一只老猴子，挺着肥肥大大的肚子，两条腿蹲着，把肚子往地上一放，冲狙公龇了龇牙，那意思好像是说：“哟，往常都是见了我们就开饭了，怎么今天还要先开会吗？行，我们都安静了，您赶紧说吧。”

狙公又看了看众猴子们，然后清了清嗓子，咳嗽了两声，说道：“咱们家里现在的粮食不多了。我们一家人都在饿肚子，不过

大家放心，我还是会想办法先让你们吃饱肚子的。从今天开始，咱们每人每天早上吃三个橡果，晚上吃四个橡果，怎么样啊？”

一听这话，所有的猴子都愣住了，不知道该怎么办，都把目光看向了中间的那只老猴子。

老猴子挠了挠头，眨了眨眼睛，突然一龇牙，不断发出吱吱的声音，一脸生气的样子，好像是说：“不行，不行，早上只吃三个，太少了！会饿肚子的，坚决不同意。”

其他的猴子一看这情形，也都跟着一起龇起了牙，嗞嗞地叫唤，有的在原地蹦了起来，有的打起了滚儿，有的绕着猴群玩命地跑，地上扬起的尘土一阵又一阵。

狙公一看这样，心里想：嘿嘿，我早就知道你们会不同意，幸亏我还有第二手准备，于是连忙说："你们别着急，别生气嘛。咱们可以商量商量嘛。"那老猴子一听说还可以商量，就赶紧尖声叫了起来，其他的猴子一听赶紧又安静下来，那跑的、跳的，也都停了下来。

于是，狙公接着说道："咱们改一改，从今天开始，早上吃四个橡果，晚上吃三个，怎么样？"狙公故意把"早上"和"四个"这两个词说得特别重，声音特别长。

扫二维码
听嘉庆叔叔讲故事

猴子们又看向那只老猴。

老猴挠了挠头，眨了眨眼，突然咧开了嘴，笑了，拍着大腿，连蹦带跳，发出了一阵尖叫声，那声音好像是在说："早上吃四个，太好了，太好了！就这么办啦！"

其他的猴子一看老猴子高兴了，就也跟着一起欢蹦乱跳地庆祝起来。

跟嘉庆叔叔练写作

仔细分析，在《朝三暮四》这个故事中，嘉庆叔叔是如何将猴子的形态展示出来的，是如何描绘猴子的动作和状态的？

玩着玩着就会了

可以去动物园或者相关的场所观察，也可以通过电视或者网络视频，观察某些一般在生活中不太容易看到的动物，比如狮子、老虎、大象等，请仔细观察这些动物都有哪些鲜明的特点，比如毛皮花色、行为举止、饮食起居等，然后用文字记录下来，形成一篇小文章。

第五个故事：精卫填海

——综合训练（二）

原文

发鸠之山，其上多柘木。有鸟焉，其状如乌，文首，白喙，赤足，名曰：“精卫”，其鸣自詨。是炎帝之少女，名曰女娃。女娃游于东海，溺而不返，故为精卫，常衔西山之木石，以堙于东海。

——《山海经·北山经》

现代文翻译

有座山叫发鸠山，山上长了很多柘树。树林里有一种鸟，它的形状很像乌鸦，头上羽毛有花纹，白色的嘴，红色的脚，名叫

“精卫”，它的叫声像在呼唤自己的名字。它其实是炎帝的小女儿，名叫女娃。有一次，女娃去东海游玩儿，溺水身亡，之后便化为了精卫鸟。从那以后，它经常叼着西山上的树枝和石块，用来填塞东海。

嘉庆叔叔写故事

精卫填海

相传在很久很久以前，有一座山叫发鸠山。这山上长着很多茂盛的柘树，每一棵都有四五层楼那么高，树枝上长着很多的枝刺和野果。

在这些树丛间，穿梭着一种小鸟，这种鸟和乌鸦的个头差不多，但是可比乌鸦漂亮多了。它长着一身红艳艳的羽毛，飞在天上就像一团火苗在凌空飞舞。细细看去，它的头上有五颜六色的花纹。它那坚硬的长嘴是白颜色的，白得就像是刚刚从牛奶桶里拔出来似的。它的一双爪子也是红艳艳的，常常收在翅膀下面。这种鸟的嘴里永远衔着东西，有时是一根树枝，有时是一颗石子儿。它把衔在嘴里的东西，从发鸠山一直带到东海的海面，然后一仰脖子，把树枝或石子儿抛向海里。此后，它不作一刻停留，继续回发鸠山上去衔石子和树枝，再丢到大海里。它一年四季如此往复，从不停歇。

同学们，你们可能要问了，这到底是什么鸟啊？它为什么要这么做呀？

这种鸟的名字叫精卫鸟，至于它为什么要这么做，来听我慢慢地告诉你吧。

这还要从咱们华夏民族的祖先开始讲起。咱们的祖先是炎帝和黄帝。相传他们分别是两个部落的首领。

其中，炎帝有一个小女儿叫女娃。这个女娃长得别提多漂亮了，白白的皮肤，高高的个头，大大的眼睛，长长的睫毛，一笑起来，眼睛眨巴眨巴的特别可爱。这女娃不仅长得可爱，而且还特别善良，勇敢，也很有正义感，不论看到什么不道德的事情，她都要路见不平拔刀相助。她常常跟着炎帝一起出去打猎、习武，练了一身好本领。

话说这一天，女娃和几个小伙伴在村口玩儿。忽然，女娃远远地听到了孩子的哭声，这哭声里还夹杂着另一个人大笑的声音。他们顺着声音找去。原来在一片空地上，一个大男孩约有八九岁，胯下正骑着一个小孩子。那小孩子趴在地上，也就是五六岁的样子，

此时他的脸上全是泪水和泥土混在一起的一条条泥道子，浑身上下也全是泥土，哭得直咳嗽，可是上面的那个大男孩还是不肯放过他，一边笑着，一边叫着：“快跑，快跑啊！”还不停地用手里的鞭子抽打他。

女娃见了这种情况，非常生气，连忙跑过去说：“你凭什么欺负这个小孩子，快从他的身上下来，给他道歉！”

那个大男孩听到这话，停止了抽打，可却没从那个小男孩的身上下来，只是用鞭子一指女娃：“你算什么东西，敢来管我？我愿意欺负他，你能怎么样啊？”

听了这话，女娃火冒三丈，就要跑过去理论。

这时，旁边的一个小伙伴，一拽女娃的胳膊，小声说：“女娃，你不能惹他。”

女娃一听这话，感到奇怪：“为什么我不能惹他？”

小伙伴说：“他是龙王爷的太子，可厉害了。”

女娃听了大笑道：“我管他是谁的太子，欺负人就不行。”说话间，女娃甩开了小伙伴的手，连跨了好几个大步，来到了那个大男孩的跟前，狠狠打了一拳！正打在那个大男孩的鼻子上，当时大男孩鼻孔里的血就流出来了。

那个龙太子没想到这个小女孩居然真的敢打自己，自己吃了这么大的亏，怎么能善罢甘休呢？龙太子也不管胯下的那个小男孩了，跳了起来，就要用鞭子抽打女娃。女娃一闪身，就躲开了。那龙太子急了，抽打的劲儿更大了，身子往前一倾，女娃顺势一抬脚，踢在了龙太子的小腿上，踢得他趴在地上来了个狗啃屎。

旁边的小伙伴看到这一幕全笑了。那个刚刚得救的小男孩刚才还满脸是泪，现在也跟着嘿嘿乐上了。

那龙太子一看这个情形，更是恼羞成怒，跟女娃打了起来。他真的没想到自己完全不是女娃的对手。没有几个照面，龙太子就被女娃打得满身是土，脸上青一块紫一块，眼睛都肿得睁不开了。

眼看自己不是女娃的对手，龙太子连退了好几步，指着女娃说：“好，你等着，我是龙太子，我早晚要报仇的。”说完，龙太子转身跑远了。

所有的小伙伴，都觉得女娃真是太棒了，纷纷竖起大拇指并鼓起掌来。女娃也觉得非常高兴。

过了一段时间，女娃听说，就在不远的东边，有一片大海，这大海波澜壮阔，一眼望不到头，她就想到海边去看看。她独自来到海边一看，瞬间就被大海的景色给吸引住了，自己所见过的所有江河都无法和它相比，那碧蓝的海水，就像一块巨大的绸缎，铺在天地之间，无边无际，随风飘荡；海水拍打沙滩的声音，隆隆作响，就像有节奏的音乐，让人的心都融化在其中；把双脚踩进海水，那冰凉的感觉让人浑身一颤，那感觉简直太清爽了。于是，女娃就欢快地在海边玩了起来。

女娃在海边尽情玩着，她没有想到，在海里有一个人正在悄悄地看着她。那个人就是龙太子，他隐藏在一个大浪的后面，心想：哈哈，终于到了我报仇的时候了，我要让这大海成为你的葬身之地。紧接着，龙太子双手一推，眼前的海浪猛地高涨了几十倍，就像是平地里突然拔起了一座高山，而且这巨浪飞快地冲向了女娃。女娃完全没有反应过来，那大浪就把她卷了进去。女娃虽然一身的武艺，可是却不会游泳，进入了海里，不一会儿便淹死了。

女娃虽然死了，但是她的灵魂却不甘心就这样死去。女娃的灵魂从海上飘飘荡荡来到了发鸠山，幻化成了一只鸟，这只鸟就是精卫鸟。这精卫鸟每天从发鸠山衔着石子儿和树枝扔向大海，一年四季从不停歇。大海感到非常奇怪，就发出了沉闷而厚重的声音，问它：“小鸟，小鸟，你每天往我的身体里扔石子儿和树枝，这是干什么呢？”

精卫鸟把一块石子儿扔进大海后说道：“你淹死了我，我一定要报仇，我要把你填平！”

听了这话，大海发出了隆隆的笑声：“哈哈哈哈，你想把我填平。这简直是笑话。你那么渺小，而我这么巨大，你怎么可能把我填平呢？”

扫二维码
听嘉庆叔叔讲故事

精卫鸟说：“我不光是我自己，我还有很多的兄弟姐妹，我们一起来。只要坚持，每天往你的身体里面扔石子儿和树枝，一百年、一千年、一万年……早晚有一天，我们会把你填平的。”

大海又发出了一阵嘲笑声，不再理精卫鸟了。

传说啊，精卫鸟直到今天还在发鸠山和大海之间来回地飞着，仍在努力填平大海。

跟嘉庆叔叔练写作

仔细分析，找出《精卫填海》这则故事中，分别在哪些地方进行了静物、动物、景色、人物描写，并尝试根据自己的理解，发挥自己的想象力，用自己的语言复述一遍，最后记录下来。

玩着玩着就会了

选择一种你熟悉的动物，也许它是一种鸟，也许它是一种猛兽，也许它只是一种非常可爱的小飞虫，然后请发挥你的想象力，描绘一下这种动物的形态、毛皮、花色、叫声，以及生活环境、日常起居等生活习性。也可以两三个同学一起比赛，比一比谁描述得更详细、更生动。

第四章

如何安排文章的结构

在嘉庆叔叔小的时候，语文老师曾经告诉过我一句话，写文章一定要讲究“凤头、猪肚、豹尾”。那意思就是说，文章的开头要像凤凰的头一样，靓丽惹眼，让人第一眼看上去就特别惊艳，心生喜爱；猪肚，是说文章的内容主体要丰富、有内涵，能让人领略到足够的信息量；豹尾，是说结尾一定要干脆、有力，令人意犹未尽。这样的说法，肯定是正确的。但是，紧接着我就想到一个问题，那要如何才能让文章拥有“凤头、猪肚和豹尾”呢？

我们这一部分就来探讨一下，如何为我们的故事或者文章，开好头，结好尾，把内容写得既充实丰富，又条理清晰、引人入胜。

第一个故事：三纸无驴

——开头的写法

原文

邺下谚曰：“博士买驴，书券三纸，未有驴字。”

——北齐·颜之推《颜氏家训·勉学》

现代文翻译

在邺下这个地方，流传着这样一个典故：“有一个读书人买驴，写了足足三大张纸，却没有见到一个驴字。”

同学们，我们今天就来学习文章结构的第一部分——开头的写法。常见的方法有以下几种：

一、开门见山法

开门见山法是指文章或故事一开头，就直截了当地把文章或故事的主要要素介绍给听众或读者，包括时间、地点、人物，甚至起因等。在这里，举几个例子：

1.在战国时期（时间：历史时期），传说赵国都城邯郸的人们都非常会走路，凡是见了的人都会心驰神往、陶醉其中（起因）。有一个小伙子（主要人物）听说了这件事，就想去邯郸学习走路。这一天（具体时间），他来到了邯郸城（地点）。——《邯郸学步》

2.汉朝时期（时间：历史时期），在我国西南边陲有一个小国——夜郎国（地点）。夜郎国的疆域不是很辽阔，人口也不是很多，物产更算不上多么丰富，但是因为它的周围还有许多比它更小的国家和部落，所以夜郎国的国王就认为自己的国家是天下最大的国家（起因）。有一天（具体时间），国王带着自己的大臣们视察边境（地点）。——《夜郎自大》

3.战国时期（时间：历史时期），很多王公大臣都喜欢一种特殊的娱乐活动——斗鸡（起因之一）。有一位斗鸡高手名叫纪子（主要人物），经他调教过的斗鸡都会成为百里挑一的常胜将军（起因之二）。这一天（具体时间），齐王交给他一只斗鸡，请他帮忙调教（起因三）。

二、介绍人物法

每个故事或每篇文章一定都有一个主人公，整个故事或文章的情节都是围绕他展开的。为了让读者或者观众尽快了解这个人物，和这个人物建立感情联系，往往可以在开头就把这个人物介绍出来。这就是介绍人物法。我们在前面的内容里学习过对人物的描写，完全可以使用在文章开头的地方。例如：

1.春秋时期，齐国大夫晏婴非常有名，他之所以出名，不仅因为他知识渊博、才学深厚，更因为他口才出众。不论遇到多么危险的境地、尴尬的场面、难堪的处境，他都能用三两句话就把局势扭转。不过这个晏婴尽管有这么多的优点，可也有美中不足，那就是他身材非常矮小。也正因为这个原因，晏婴常常遭受不公平的待遇，但也因为自己的口才，他不仅能为自己挽回颜面，还能为齐国争得尊严。——《不卑不亢》

2.北魏时期，宋州边境地区有一个小村庄，村子里有一个年轻的姑娘——花木兰。这一天，花木兰正端坐在织布机前。可是，她的织布机并没有像往常那样飞梭走线。她没有任何动作，她的柳叶弯眉轻轻蹙在一起，一双水汪汪的大眼睛像是含着一层秋霜，满是心酸。她的嘴唇就像熟透的樱桃一样红，但她此时却微微抿起了下嘴唇。花木兰在发愁也在思考，她正在为自己的未来筹谋着一个大胆的计划。——《扑朔迷离》

3.战国时期，赵国平原君招揽了很多门客，其中有一位叫作毛遂。这个毛遂来到平原君的门下已经三年了，却没有得到过任何一次任用。难道说是因为他没有能耐吗？不是的，他是一个很有胆量和学识，同时口才也极好、非常善于辩论的人。只是他平时太过于沉默寡言，不太和别人说话，

在平原君的面前又不常表现自己，所以平原君根本就没怎么注意过他。这回，秦国要攻打赵国，赵国想争取楚国的援助。毛遂知道，自己的机会来了。——《毛遂自荐》

三、提出问题法

提出问题法是指用提出问题的方式，揭示故事的主题，引起听众或者读者的兴趣，开启故事的情节。有的故事之所以能够引起大家的兴趣，能让听众愿意往下听，就在于其拥有很多悬念。这悬念就是故事情节中的未解之谜。每个故事都会有一个核心的悬念，就是贯穿故事始终的悬念。我们可以把这个悬念提炼出来，形成问题，放在故事的开头向大家提出，进而引出故事全局。这样的做法能够更快地将听众或者读者的注意力带到故事情节之中。比如：

1.同学们，你听说过“隐身术”吗？我想，你一定会回答听说过。在影视剧里，在动画片里，在科幻小说里，都有过“隐身”这样的情节。可是，这也只是想象，目前人类的科技水平还无法将人隐身。可是在很久以前，有一个人捡到了一片特殊的树叶后，就认为自己拥有了隐身的能力，还拿着这片树叶到处办坏事。你知道这是怎么回事吗？你知道他的隐身到底成功了没有吗？来听我给你讲一个《一叶障目》的故事吧。

2.在战场上，特别是古代的冷兵器时代的战场，情势瞬息万变，往往是一眨眼的工夫胜与败就已经分出来了。可是，有这样一场战役，对战的其中一方，还没有开打就先行撤退了，而且这一撤就足足后退了九十里路。正当所有人都以为他们输了的时候，这一方的军队却出人意料地取得了战争的胜利。这是怎么回事呢？这一方究竟是怎么胜利的呢？下面我们就来听一个故事——《退避三舍》。

3.我们知道，人类生活在一个蔚蓝色的星球上，这个星球的名字叫作——地球。地球被厚厚的大气层包围着。在很远的地方，有月亮——它绕着地球旋转着。在更远的地方，有太阳。而地球，则是围绕太阳公转的一个行星。可是，同学们，你们是否想过，古代的人没有发现这一切的时候，他们是如何看待自己生活的这片土地的呢？他们眼中的这片大地、这片蓝天，还有天上的太阳、月亮究竟是怎么来的呢？下面咱们就一起来听一个关于世界来历的神话故事——《开天辟地》。

四、倒叙法

倒叙法，既是一种为文章或故事开头的方法，也是一种叙述的方式，在前面第一部分里已经和大家分析过，在这里就不再重复了。

五、细节描写法

细节描写法，是通过对故事中的关键人物、事物或者环境进行细致入微的描写，更快地将读者或观众带入故事情境的写法。通过前面的学习，我们知道，一般而言，故事的讲述都是按照由大到小、由宏观到微观的顺序展开的，但如果从某个细节开始引入，往往会收到意想不到的效果。然而，这需要讲述者对通篇的故事有非常精准的把握，否则就容易失之毫厘，谬以千里，反而得不偿失。

1.今天我们要讲的这个故事发生在遥远的春秋时期。在当时的秦国，在一个大大的池塘边，有一个十来岁的孩子正聚精会神地举着一沓书简。你看他皱着眉头，看着书上的字，一会儿嘴里念念叨叨，一会儿手上比比画画。突然，他的余光看向了池塘，仿佛发现了什么让他倍感意外的东西。他又仔细看了两眼书，然后又把目光投向了池塘。突然，他大叫了一声："爸爸，我找到千里马啦！"他一边喊着，一边朝不远处的房子跑去。说到这里，可能大家都会问，这个孩子到底是谁呀？他看的又是什么书呢？他发现的千里马长什么样啊？我们就一起带着这些疑问来听听今天的故事。——《按图索骥》

2.在古时候，有一对夫妻，他们家里有一个瓷花瓶。据说，这花瓶是男主人的爷爷的爷爷的爷爷的爷爷传下来的。这花瓶大概有人的小臂那么高，碗口那么粗，通体洁白如玉。在花瓶上，画着一丛菊花，那菊花有的盛放，摇曳生姿；有的开了一半，妩媚动人，菊花的花叶纤毫毕现，走近这花瓶，仿佛能闻到菊花的香气。但也就是因为这个花瓶，这对夫妻遭了不少罪，吃了不少苦。这是怎么回事呢？我们一起来听听今天的故事。——《投鼠忌器》

3.话说在东汉末年，江东的孙策遭到了敌人的暗算，撒手人寰，他的弟弟孙权非常悲伤。孙权每天饭也不吃，茶也不喝，只顾着以泪洗面。大臣张昭就想劝一劝他。张昭看到孙权的时候，简直吓了一跳。只见孙权眼窝深陷，两个大大的黑眼圈让他看上去活像一只熊猫，腮帮子也塌了，下巴颏都

尖了，整个人就像得了大病，毫无精神。张昭决定好好地劝说孙权一番，让他重新振作起来。——《开门揖盗》

六、开篇点题法

开篇点题法，是指在故事或文章的开头点出故事主旨或核心思想的写法。每个故事或每篇文章都有自己的主旨或所要表达的核心思想。一般来说，人们会在故事结束后将主旨和核心思想抛出，引发思考。实际上，如果在故事的开篇就把这些带给大家，可以让大家带着问题和思考来聆听整个故事，也会起到提纲挈领的作用。但是，这种方法的使用也必须慎重，如果对故事的主旨总结得不够准确，抑或故事引入得不够恰当和自然，则会起到适得其反的效果。而且开篇点题，还要注意一点，要浅尝辄止，留有余地，因为在故事的结尾还要进行主题的进一步阐释，如果开头的时候就把主题揭示得过于充分的话，会让结尾显得空洞冗赘。下面我们就来看几个例子：

1.同学，你有没有过这样一种经历：有一个机会，你非常想得到，比如班里竞选班干部、学校的某场选拔比赛或者某个可以展示自己才华的演出，凡此种种。但是，除了你自己并没有人知道你有这方面的才华，更没有人主动推荐你。这个时候，你会怎么办呢？你是任这个机会在你的面前悄悄溜走，自己心存遗憾，还是主动去争取这个机会？下面我们就来听一个故事，看看这个故事的主人公面对这样的选择时，他是怎么做的。——《毛遂自荐》

2.在我们的头顶上有一片蔚蓝的天空，在我们的脚下是无垠的大地。同

学们，你们是否曾担心过天会塌下来，地会陷下去？可能你会觉得这非常可笑，天怎么会塌下来，地怎么会陷下去呢？可是，你知道吗？就有人一天到晚担心这样的事会发生。这个人生活在很久很久以前的杞国，我们就管他叫杞人吧。——《杞人忧天》

3.同学，如果有一天你走在回家的路上，突然有一本书从书包里掉了出来。这个时候，你会把书捡起来放回书包呢，还是会在书包上画一个记号，等到了家再顺着记号去找书呢？我想，你一定会说，这不是在搞笑吗？怎么会有这么蠢的人呢？哎，你还别着急，真的就有这样的人。下面就来听我给你讲一个《刻舟求剑》的故事吧。

以上嘉庆叔叔向大家介绍了六种开头的写法。其实，开头的写法远不止这些，而且不同的写法之间并不存在天堑和鸿沟，并不是不可逾越的。比如，我们可以在介绍人物的时候，把这个人物的相貌举止都描写得很细致，这不就是把介绍人物的手法和描写细节的手法结合起来了吗？我们也可以把倒叙的手法和开篇点题的手法结合起来，用倒叙的形式引出故事的主旨，再返回头来开始故事的讲述。

总之，之所以给大家介绍了六种开头的写法，是为了让大家更容易学习和吸收，但这些方法本身是可以彼此融汇、相互贯通的。

下面嘉庆叔叔就来给大家写一个故事，大家来看一看，嘉庆叔叔用了哪些方法？

嘉庆叔叔写故事

三纸无驴

同学们，你们知道翻译吗？也许你会说，翻译谁不知道啊，就是把一个人说的话、讲的意思，转变成另一种语言，告诉另一个人，让他能够听懂。没错，这个说法没问题。不过，你说的是把一种语言翻译成另一种语言。那么，你有没有见过，两个人明明说的是同一种语言，也需要翻译的？你也许会问，啊，同一种语言还需要翻译吗？怎么翻译呀？好，让我们带着这个疑问来进入今天的故事——《三纸无驴》。

这个故事发生在一千五百年前的北齐时期。在古代，牛、马、羊、驴都是非常重要的生产和交通工具，所以贩卖牲口的集市到处都有，并且都非常热闹。

有一天，在一个贩卖牲口的集市上，有一个书生打扮的人行走在人群中，显得有些格格不入。这里的人们不论是卖牲口的还是买牲口的，都会在牲口旁边又是看又是摸，有时候还会掰开牲口的嘴看看牙口。可是这个人却恨不能离牲口八丈远，还用又长又大的袖

子捂着鼻子，并且皱着眉头，好像是很嫌弃这些牲口又脏又有味道。

走着走着，这个书生走到了一个摊位前。这里只有一头小毛驴，旁边站着一个人，这人一看就是位庄稼汉，看上去三十来岁，五短身材，脸上的皮肤非常粗糙，肯定是风吹日晒造成的。他穿着一件小坎肩，露着两条胳膊，下身一条深色的裤子沾着很多泥点子，裤管高高挽到了膝盖上，两个大脚板满是泥泞，没有穿鞋。

看这里没有什么人，比较安静，书生走上前去，深深施了一礼说：“这位先生，在下不才，有一事相求，不知当否？”

书生这么一说，倒吓了那庄稼汉一跳，他心想：哟，这是怎么回事啊？我长了这么大，还从来没有人称呼过我先生，可是他后边说的是什么意思？我怎么听不懂啊？于是，他连忙说：“这位……这位小先生，你可别称呼我先生啊，我没读过书，不识字，你这么叫我，我别扭。我姓张，你就叫我张大哥就行了。”

书生一听赶忙又施一礼，道：“如此说来，是张大哥在此，小生见礼了！”

那张大哥接着说：“你找我干吗呀？”

书生说：“向晚，吾家中一物染恙，随即驾鹤而去，故欲再得此物一用。不知大哥能助在下一臂之力否？”

说到这里，咱们就需要插上一句了。这书生说的是什么意思呢？其实，事情很简单，他们家的驴昨天晚上突然病死了，他想再买一头驴。可是，在北齐那个时候，流行一种风气，读书人说话必须满嘴的之乎者也、历史掌故，搞得好像别人越是听不懂就越有学问。可是这样一来，就容易闹笑话了。

咱们接着往下讲。听了书生的话，张大哥完全傻了，他一句没听懂啊：“你说慢点，你说的话，我一句没听懂。”

书生直皱眉，又说道：“向晚，吾家中一物染恙。”

“你是说，你们家有一个大象用的碗染了酱？那碗上染了酱，洗洗不就得了吗？找我干吗呀？”

书生一听，鼻子差点儿都气歪了，心想：这意思完全听岔了。于是，他就一遍一遍地重复，可张大哥依旧听不懂。

这时候，只听一旁有一个苍老的声音喊道：“他是说，他们家昨晚上有一个牲口病死了，找你想买你这头驴。对不对？”

张大哥和书生听了这句话，立刻都住了嘴，看向那个声音传来的地方，原来是一位满脸皱纹的老人家，拄着拐棍站在那里。

张大哥看了看那个老人，又看向书生，用询问的眼神盯着他，那意思是说：“这个老先生说得对吗？”那书生看着他点了点头，“嗯。”

张大哥突然一拍这书生，“嗐，不就是买驴吗？你咋还那么啰里啰唆的。”张大哥赶忙又冲那老人家拱了拱手说：“谢谢您老先生，要没有您这句话，我们还闹不明白呢。”

老先生点了点头，扭头刚要走，又被张大哥拉住了。张大哥说：“老先生，您可先别走啊，这个小先生，说话实在是太有学问了，我是一句听不懂，您给我们俩传个话吧，要不然这笔买卖，我们到明天早晨也做不完哪。”

老先生听了这话，面露微笑说：“好，我今天就给你们俩当这个翻译。”

于是，老先生就一句一句地给张大哥翻译那书生的话。

过了一会儿，生意很快谈成了。书生说："今日于先生手中获得此物，家中事务亦无忧矣。唯尚需一券据，方才圆满。"

张大哥又看向老先生，只听老先生张口道："他说还需要写个收条。"

张大哥咧嘴笑道："写收条啊，按理说应该写个收条，可是我也不识字啊。"他冲着书生笑道："要不然麻烦您写个收条吧，您这么大学问肯定没问题。"

书生一听，立刻又一躬到底说："如此说来，小生献丑了！"于是，书生从随身的书袋里，拿出了纸和笔。过去读书的人，经常随身带着文房四宝的。书生提起笔来，思考了半天才开始下笔。可是令别人都没有想到的是，过了足足有一个时辰，也就是将近两个小时，书生写了足足有三大张纸，密密麻麻，还没有写完。张大哥有些急了，拿起那三张纸，递给老先生，让他帮忙看看都写的是啥。

老先生看过之后，又是摇头又是大笑道："可笑啊可笑，让你写个收条，你就写上今天从谁的手里买到毛驴一头，再写上今天的日期不就好了。可是，你足足写了这三大张纸，从

扫二维码
听嘉庆叔叔讲故事

你小时候如何贫苦，到后来怎么读书，再到你考了几次试，落了几次榜，全都写了出来。这三张纸都写完了，还没有写出一个驴字。这个收条实在是一点儿用处也没有啊！”

听了这话，不光是张大哥，连周围看热闹的人也都哈哈大笑起来。后来，这件事就流传开来，形成了一个成语——三纸无驴。人们用这个成语来形容那些写文章或讲话，只会咬文嚼字，说了很多却抓不住重点的人。

跟嘉庆叔叔练写作

一、《三纸无驴》这个故事用了什么样的开头方法？这样的开头对故事的展开，有着怎样的作用？如果由你来为这个故事开个头，你会采取怎样的方法？

二、用不同的方法，分别为以下三个成语故事写一个开头：《亡羊补牢》《守株待兔》《狐假虎威》。

玩着玩着就会了

请为你喜欢的一部动画片，设计一个全新的开头，或者为动画片中的主人公设计一个全新的出场方式。比如《小猪佩奇》，如果让嘉庆叔叔来设计开头的话，可能会是这样的：

蓝蓝的天空，有一道绚丽的彩虹。天空下，一头小猪——猪小弟正坐在地上哇哇大哭，旁边的两头成年猪怎么哄它也无济于事。这时，画外音说："这是怎么了？为什么这头小猪哭个不停啊？这两位又是谁？"

这时，从远处跑来了一头粉红色的小猪，怀里抱着一只恐龙，它一边跑一边喊着："乔治，爸爸，妈妈，恐龙找到啦！"它一边喊，一边飞奔，可是跑到近前时，它没留神栽进了一个泥坑。它全身都沾满了泥巴。但是，它却没有哭，而是哈哈大笑起来。这时，那个猪小弟、猪爸爸和猪妈妈也都跑了过来，一起跳进泥坑，全都哈哈大笑起来。这时，画外音说："这就是小猪佩奇和它的弟弟乔治，还有猪爸爸、猪妈妈。"

好啦，下面到你啦，《熊出没》《爆裂飞车》《海底小纵队》都可以，赶紧为这些动画片设计一个全新的开头吧。记住，一定要用到咱们学过的开头的方法哦。

第二个故事：百闻不如一见

——结尾的写法

原文

赵充国曰：“百闻不如一见，兵难隃度，臣愿驰至金城，图上方略。”

——《汉书·赵充国传》

现代文翻译

老将军赵充国说：“百闻不如一见，我想亲自到边境看看，确定攻守计划，画好作战地图，然后上奏。”

讲完了故事的开头方法，下面我们就来讲故事的结尾方法。“豹尾”，讲的是结尾一定要干脆利索，不拖泥带水。但这样做的前提，是一定要确定前面所有该交代的都交代完了，该解释的问题也解释完了。否则单纯地追求“豹尾”的效果，却没有把故事该讲的内容讲完，结果只会让听众不明就里、一片茫然。下面我们一起来学习几种结尾的写法。

一、交代结果法

交代结果法，是最常见的一种结尾方式，就是在故事的最后把结果交代清楚，之后自然收尾。我们看到的大部分故事，结尾用的都是这种方式。这种方式的好处是，难度小，比较自然。比如：

1.老虎一看，小动物见了狐狸全都跑得无影无踪。他相信了小狐狸是百兽之王的说法，于是便把小狐狸给放了。——《狐假虎威》

2.从此以后，那个农夫每天都守在那个树桩旁边，等待着兔子自己撞上来。他再也没有下地干过活儿，以至于庄稼都枯萎了，地里的荒草越来越高。——《守株待兔》

3.等船靠了岸，那个掉了宝剑的人，马上就顺着船上的记号去找宝剑了。可是他费尽九牛二虎之力也没有找到自己那把掉落的宝剑。——《刻舟求剑》

4.听了路人的话，那个卖兵器的人一下子哑口无言，说不出话来。无论是自己的矛戳穿了自己的盾，还是自己的盾挡住了自己的矛，都只能证明自己撒了谎、吹了牛。周围的人看他这副样子，全都哈哈大笑起来。——《自

相矛盾》

二、首尾呼应法

首尾呼应法，是将开头提出的问题、阐明的道理或者讲述的事实，通过故事进行演绎和诠释之后，在结尾处再一次抛出，以强调和验证开头所讲的观点或道理，让观众或读者加深印象，使结尾更加耐人寻味、发人深省。首尾呼应，可使故事的结构更加完整和紧凑。我们下面借用前面所学的“开头的写法——提出问题法”中所举的三个例子，来进行用首尾呼应法结尾的训练。

1.《一叶障目》的故事讲完了，那个举着叶子的书生不仅没有通过隐身获利，反而招来了县太爷的一顿毒打。这虽然是一个关于“隐身”的故事，却告诉我们一个道理，那就是与其异想天开不劳而获，不如踏踏实实，好好工作，因为这样才能获得好的结果。——《一叶障目》

2.在这场战役中，虽然晋文公重耳后退九十里，但是却赢得了地势、人心和战机上的优势；楚国虽然取得了进攻的先机，同时却丢掉了最有力的时机、军队的状态和士气。到最后，后退的赢了，前进的输了。所以，有时后退并不意味着失败，也许正在赢得先机；急于前进的并不一定就会胜利，也许正在失去时机。——《退避三舍》

3.同学们，在这个神话故事中，我们能够体会到古人对于世间万物的认知，并能够感受到他们超凡的想象力和无尽的智慧。虽然，我们从现代科学观知道，这些都是不对的，却丝毫不会影响这个故事所带给我们的遐想和美

好。——《开天辟地》

三、主题总结法

主题总结法，就是将故事所阐述的主旨和核心思想，总结，归纳，并阐释出来。

我们下面借用前面所学的“开头的写法——开篇点题法”中所举的三个例子，来进行用主题总结法结尾的训练。

1.毛遂用自己的勇敢和自信，为自己争取到了一次展示自我的机会，并且真的履行了承诺，用自己的行为证明了自己的能力。我们从中不仅要看到毛遂为自己争取机会的勇气，同时也应该看到，让他获取成功的不是空虚的口号和无力的幻想，而是实实在在的学问和口若悬河的辩才。在面对机会的时候，我们当然要当仁不让、勇往直前，更要在平时脚踏实地、不断积累，这样我们才能做到像毛遂那样，抓住机会，实现理想！——《毛遂自荐》

2.那个一天到晚忧心忡忡的杞国人，依旧在望着天空，时不时发出长长的叹息。千百年后的今天，也许有人会说，杞国人的担忧也是有意义的。可是我们要说的是，不论有什么样的担忧，叹息是解决不了任何问题的。而比起这忧愁和叹息更加重要的是，我们面对当下的困难和险阻，如何用自己微薄的力量，施展力所能及的作为。哪怕力量再微小，路途再遥远，也胜过无谓的叹息和无为的担忧。——《杞人忧天》

3.那个剑客当然不可能在河边找到他掉落的宝剑。前行的船就像是绝不

回头的时光，掉落的宝剑就像是一次不可重拾的遗憾，在不经意之间失去。这个故事真正要告诉我们的是，当遗憾发生的时候，要尽力去补救，并且当遗憾真的发生了甚至过去了，不要再回头恋恋不舍，望洋兴叹，因为彼岸还会有更好的风景。——《刻舟求剑》

四、启发联想法

启发联想法，就是在故事叙述完整之后，根据故事所表达的主旨进行延展，提出问题，引发联想，使故事产生一种意犹未尽的感觉。启发联想，必须紧扣故事的主题，不能随意发散，旁生枝节，否则就会有画蛇添足、狗尾续貂的感觉。比如：

1.农夫为了庄稼能够长得更快，却亲手毁了自己的秧苗。他初衷是好的，却导致了最坏的结果。同学们，你们认为，这个农夫究竟错在哪里了呢？是不是有了良好的愿望，就一定能够做好事情呢？可见，无论做什么事，除了要有一个好的出发点之外，我们还应该有好的方法，才能把事情做好。——《揠苗助长》

2.琴师面对牛的愤怒，手足无措。他没有想到，自己如此高超的琴艺，在牛的面前却一无是处。他把弹给人听的音乐，弹给了一头牛，这种行为就叫后错位。你觉得这种错位，究竟是牛的错，还是琴师的错呢？有没有什么办法能够避免这种错位呢？——《对牛弹琴》

3.越王勾践通过卧薪尝胆，最终实现了自己的抱负。这样的行为，体现了勾践为达目的不怕吃苦、坚持不懈的精神。但是你有没有想过，如果勾践只是在铺满柴草的床上睡觉，他能不能实现自己最后的目标呢？试想一下，比起卧薪尝胆这样的决心而言，还有什么是更加重要的呢？——《卧薪尝胆》

五、感叹法

感叹法，是将故事的主旨提炼并升华，最后用感叹的方式将升华的内涵表现、展示出来。这样的感叹，一定要发自故事本身，不能强拉硬拽，并且要适可而止，切不可矫揉造作、无病呻吟。比如：

1.不论做什么，都必须明确自己的目标，并且一切行为都要紧紧围绕这个目标进行。否则，就像那个画蛇人一样，明明自己先完成了自己的工作，却只能眼睁睁地看着人家把酒抢走！——《画蛇添足》

2.每个人都渴望变得更加优秀，但我们也应该自信，每个人都是独特的，都有与众不同的相貌和性格，不用妄自菲薄。另外，如果要学习别人也要学习别人的长处，不能不分好坏，什么都学。就像那个东施，模仿别人却模仿的是别人生病的样子，以致闹了个大笑话。——《东施效颦》

3.俗话说，山外有山，人外有人。学习的步伐是永远没有止境的。就像养由基，他已经能够做到百步穿杨，可是仍然有向那位老人家学习的地方，仍然有可以进步的空间。我们当然也要不断地放宽自己的眼光，看到更远的地方，让自己不断进步。因为，学习是一辈子都要坚持下去的事情啊！——《百步穿杨》

我们以上列举了几种常用的结尾方法，其实结尾的方式还有很多，而且

每种方法也不是孤立的，不同的方法可以相互融合，相互补充。下面嘉庆叔叔就给你们讲一个故事，大家看看我是怎么为这个故事收尾的。

嘉庆叔叔写故事

百闻不如一见

在我们的生活中，经常会听到各种消息和传闻，但是这些传闻到底是真是假，却很难一一分辨。面对这些传闻，我们究竟应该怎么办呢？下面，我们来听一个故事，说不定它会帮我们做出判断。

在汉朝，汉武帝是一位非常伟大的皇帝，他文韬武略，很有才华。他将国家治理得井井有条，百姓安居乐业，全国上下一片繁荣。汉武帝在位期间，收服了北方绝大部分土地，平定了很多外邦部族的入侵。但是，地处我国西北部的羌族，仍对汉朝虎视眈眈，觊觎我国的土地和财富。

这个羌族，历史悠久，人口众多，而且勇猛顽强、能征惯战。他们常年在我国边境骚扰百姓、抢夺财物，甚至攻城略地，使那里的人们无法安居乐业。汉武帝决定派兵马降伏羌族部落。可是，究竟让谁担当这次出征的将领呢？汉武帝为难了。他的脑海里像走马灯一样把手下的将领过了个遍，转过一个人来，他摇了摇头，又转过一个人来，他撇了撇嘴……他觉得这些人能打仗的智谋不足，智谋足的经验太少，经验足的年龄太大身体不行，年纪轻的又往往太过轻率。他翻过来掉过去，也拿不准主意。到最后，他终于想到一个人，这个人眼光高远，公正耿直，他看人的眼光极准，而且评判别人不带一点儿个人恩怨，有一说一，有二说二。这个人就是中国历史上非常著名的丙吉，也是汉武帝的左膀右臂。

汉武帝连忙命人把丙吉请来。知道了汉武帝的顾虑后，丙吉想了想说：“陛下，微臣保举一人，定能不辱使命，降伏羌族。”

汉武帝一听这话眼前一亮，忙说：“爱卿快说，这人是谁？”

丙吉顿了顿，微微笑道：“赵充国。”

听到这个名字，汉武帝不仅没有高兴起来，反而像泄了气的皮球一样，没了精神。怎么回事啊？这个赵充国的确是一个非常善于征战的将军，一辈子经历了大小战役无数，而且用兵非常谨慎，可以说是一位常胜将军。这个人的名字早已经在汉武帝的脑子里出现过无数遍了，那为什么汉武帝不用他呢？原因很简单，赵充国岁数太大了。那个时候，医疗技术很不发达，生活条件也比现在艰苦得

多，人的平均寿命还不到五十岁。五六十岁的人，就是高寿了。可是这位赵充国呢，已经年过七十了。汉武帝听说，这位老将军已经老得连下地都困难了。所以汉武帝一听丙吉说出这个名字，当时眉头就皱起来了。

一看皇帝这个表情，丙吉就明白了，说道："陛下，您是不是担心赵老将军年龄太大，不能上战场啊？"

汉武帝点了点头："是啊！我听说他连下地都困难，吃饭都要人喂了，怎么还能打仗呢？"

"陛下，我看不如这样，听说得再多，也不如亲眼看上一看。我也很久没有见到赵老将军了，不如我替您去看一看赵老将军，看看他的身体是否如传言中那样羸弱不堪。同时，我也问一问他对这次战争的看法。您看怎么样啊？"

汉武帝听了，觉得很有道理，于是就派丙吉去探望赵充国。

丙吉到了赵充国的家后，有仆人先把丙吉领到了客厅，之后又到后院去禀告赵老将军。

不一会儿，只听后院传来了噔噔噔的脚步声，紧接着就听见声如洪钟般的一串笑声："哈哈哈，不知丙吉大人驾到，有失远迎，还请当面恕罪啊！"话未说完，丙吉就看见一位老人，穿着一身便装，须发皆白，脸上的皱纹一道挨着一道，但是两只眼睛却烁烁放光，口中的笑声震得人头皮发颤，就连桌子上的茶水都泛起了阵阵波纹。老人的步伐非常快，矫健有力，每一步踏在地上都能发出重重的声响。这人正是赵充国。一看见赵老将军这个样子，丙吉心里就有数了，看来那些传闻根本就不可信哪。

丙吉向赵充国说出了皇帝想要收服羌族的想法，然后接着说道："赵老将军，您看这次收服羌族平定边境的战争，能担任主帅、统领三军的最佳人选是谁呢？"

听了这话，赵充国又是一阵大笑："哈哈哈，还有谁，我不是正合适吗？"

丙吉说："我可听说，您的身体……"

"哈哈哈，你宁愿听信那些道听途说的无稽之谈，也不信眼前我这个活生生的人吗？"

"可是，您毕竟已经年过七十了！"

"年过七十怎么了？姜子牙八十岁还官拜丞相，辅佐武王伐纣呢。我才七十岁呀！"

听了赵充国这话，丙吉心里的一块石头算是落地了，他赶紧去参见汉武帝，将拜访赵充国的经过原原本本告诉了汉武帝。

汉武帝说："幸亏没有偏信那些传闻，看来还是眼见为实啊。"于是，汉武帝就派赵充国为大将统率三军，征伐羌族。

在赵充国临行之前，丙吉来为老将军送行。丙吉问道："老将军，您这次征伐羌族，打算采取什么样的部署，对付外敌呢？"

赵充国又是一阵大笑，说道："哈哈哈，我没有任何部署。"

丙吉一听马上一愣："没有任何部署？老将军，您这是什么意思呢？"

赵充国顿了顿说："我素来听说，羌族军队如何凶猛强悍，如何速度惊人，可是我没有和他们打过仗，也不清楚这些传闻到底是真是假。在没有了解对方的真实情况之前，就贸然设定部署，很有可能做出错误的判断。我打算先去探查一下羌族目前的真实情况，包括军事实力、经济实力、备战情况，做到心中有数，再做方略部署。”

扫二维码
听嘉庆叔叔讲故事

丙吉一听，竖起大拇指：“老将军深谋远虑，真是令人佩服啊！”

后来，赵充国带着一支先头军队来到了边疆。他没有出兵，而是亲自近距离观察羌族军队的情况。一段时间后，他发现羌族的军队虽然勇猛，但是分成了很多部落，人心不齐，极不团结。赵充国就因地制宜，各个击破，很快便降伏了羌族，取得了胜利。

在这个故事里，丙吉和赵充国都没有相信传闻，妄下定论，而是采取了自己亲眼看一看的策略，最后都做出了非常正确的决定，一个是为国家选中了合适的人才，另一个是确定了正确的作战方略。后来，人们用“百闻不如一见”来形容这种不听从传闻，而是重视实践的做法。

同学们，这个故事听完了，当你再一次面对那些无法判断真伪的传闻时，你将如何应对呢？你是否已经有了自己的决定呢？

跟嘉庆叔叔练写作

分析《百闻不如一见》这个故事，结尾采取的是哪种或者哪几种方法？你是否可以用其他的方法来为这个故事写一个不同的结尾呢？

玩着玩着就会了

请用上面学到的方法，为《西游记》设计一个结尾。比如嘉庆叔叔就想到了一个：

师徒四人经过了九九八十一难终于取回了真经。他们一共走了整整十四年，走了十万八千里路，经历了无数的艰难险阻，看来不论做什么事情，不经历一番辛苦都是不会成功的。吃的苦越多，最后所能得到的收获才会越大！

好啦，下面轮到你啦，你会采用什么方法呢？

第三个故事：三人成虎

——故事线索的安排

原文

庞葱与太子质于邯郸，谓魏王曰："今一人言市有虎，王信之乎？"王曰："否。""二人言市有虎，王信之乎？"王曰："寡人疑之矣。""三人言市有虎，王信之乎？"王曰："寡人信之矣。"庞葱曰："夫市之无虎明矣，然而三人言而成虎。今邯郸去大梁也远于市，而议臣者过于三人矣，愿王察之矣。"王曰："寡人自为知。"于是辞行，而谗言先至。后太子罢质，果不得见。

——《战国策·魏策二》

现代文翻译

庞葱要陪太子到邯郸去做人质，庞葱对魏王说：“现在，如果有一个人说大街上有老虎，您相信吗？”魏王说：“不相信。”庞葱说：“如果是两个人说呢？”魏王说：“那我就要疑惑了。”庞葱又说：“如果增加到三个人呢，大王相信吗？”魏王说：“我相信了。”庞葱说：“大街上不会有老虎，你是很清楚的，但是三个人说有老虎，就像真有老虎了。如今邯郸离大梁，比我们到街市远得多，若毁谤我的人超过了三个，希望您能明察秋毫。”魏王说：“我知道该怎么办。”庞葱离开之后，毁谤他的话很快源源不断地传到了魏王那里。后来太子结束了人质的生活，而庞葱再也没有见到魏王。

前面，我们讲了故事开头和结尾的不同写法，下面我们将要谈到的是故事的内容。前面所讲的故事的叙述顺序、描写人物和事物的方法，其目的都是为了在故事展开的过程中能够有更多的手段和技巧使故事更加生动丰富和引人入胜。抛开这些技巧，能够左右一个故事的精彩程度的，就是故事的线索了。

线索是故事能否顺利展开的关键所在，既体现着故事的核心思想，也是引领观众和读者的注意力的焦点。在《嘉庆叔叔教你讲故事，练口才》这本书里，嘉庆叔叔用了较大的篇幅来阐释故事线索的问题，包括如何寻找线索，如何以人物、事物、事件等为线索展开故事，在这里不再赘述。

下面我们来看《三人成虎》这个故事，请你用心分析这个故事的线索分别是什么？

嘉庆叔叔写故事

三人成虎

战国时期，魏国有一个大臣名叫庞葱。据说这个庞葱是曾经的魏国名将庞涓的后人，他为人正直刚强，不惧权贵，却也因为这样的性格得罪了很多人。当时，大臣中间有很多人经常在背后说他的坏话。庞葱还有一个特点就是善于雄辩，拥有很好的口才。

话说这一年，魏国国王打算派太子去赵国当人质。有的同学可能会问了，太子不就是国王的儿子吗？那可是未来要继承魏王王位的人啊，为什么要去别的国家当人质呢？

这件事情是这样的，在战国时期，各个国家之间长年战乱，彼此之间根本没有信任感。有的时候，国家之间为了彼此的利益，常常需要建立和平的盟约。但是，很多时候仅仅是有盟约，可没有什么效力。那怎么办呢？有人就出了这么个主意：让对方国王的王子到自己的国家来当人质。也就是说，如果对方保持和平友好当然没有问题，如果对方打破了盟约，挑起了战争，那就杀了人质。这个方法，在相当长的一段时间里，还是起到了维持诸侯国之间和平的作用的。

这一次，魏国和赵国要建立和平盟约，魏王为了表示自己的诚意，就派太子到赵国的都城邯郸去作人质。太子不可能一个人去，有人就举荐庞葱陪太子同去。魏王采纳了这个建议，下令让庞葱尽快起程。

庞葱接到这道旨意，心里就嘀咕上了。他明白，这一定是那些恨自己的人在魏王面前出的主意，那些人先是在魏王面前夸我多么的足智多谋、多么的勇猛无惧，是最好的出使赵国的人选，可是等到我真去了邯郸，那些人就会在魏王的面前不断地说我的坏话，陷害我。可是现在，旨意已经下了，不去是不可能了，然而如何能够让魏王不相信那些谗言呢？想来想去，他想到了一个办法。

第二天一早，庞葱就去求见魏王。

魏王问道："庞爱卿，陪太子去赵国的日期将近，你不赶紧做相应的准备工作，来找寡人做什么呀？"

庞葱跪在地上说："陛下，臣有一个问题一直想不明白，寝食不安。如果这个问题不能得到解答，臣恐怕根本就没法安心地陪伴太子啊。"

魏王听到这里，眉头一皱，问道："哦？是什么问题啊？"

"陛下，您现在所在的这座宫殿距离外面的闹市有多远？"

"依寡人看，也就几里路程吧。你问这个做什么？"魏王一头雾水地问道。

"如果现在有一个人跑上宫殿，告诉您集市上出现了一只老虎，您会相信吗？"庞葱没有理会魏王的问题，接着说道。

魏王听了这话，笑了："我当然不会相信，那老虎生活在深山老林中，怎么可能进到我们戒备森严的大梁城呢？就算进得了大梁城，也不可能进得了那人山人海的集市啊。没等它进来呢，就被士兵给活捉了。你问这个到底是什么意思啊？"

"大王不必心急，容微臣再问第二个问题。"

魏王稳了稳性子，等着庞葱下面的问题。

庞葱说道："如果这时，又来了一个人，跑过来告诉您，集市上出现了老虎。您会相信吗？"

“这个……我应该……还是不会相信的。这简直就是无稽之谈。”魏王的态度明显有些松动。

紧接着，庞葱问出了第三个问题：“如果这时，又来了第三个人，还是告诉您在大梁的集市上出现了老虎。您是否还会完全不信呢？”

“呃……我想……如果是这样，恐怕我就要相信了。庞葱，你到底要说什么？”魏王此时似乎隐约明白了些什么。

庞葱说道："陛下，老虎是不可能出现在集市上的，这一点根本不用怀疑。但是，接连有三个人来告诉您，您就会相信这个完全不可能的传言。邯郸和咱们大梁城之间可比宫殿到集市的距离远得多了，微臣走后，在陛下面前说微臣坏话的人又何止三个？尽管这些话可能是根本不存在的谣传，可是如果有人不停说微臣的坏话，到那时，您能完全不相信吗？"

听了这话，魏王沉吟了一会儿，回答说："好了，你的意思寡人明白了。寡人知道该怎么办了。"

果然不出庞葱所料，他刚陪太子离开，就有很多大臣向魏王说他的各种坏话。开始魏王听到这些坏话的时候，很不以为然。后来，随着说庞葱坏话的人越来越多，说的坏话也是五花八门，越来越像真的，这个时候魏王就开始动摇了。直到最后，有一个大臣对魏王说："陛下，就算所有这些关于庞葱的坏话都是假的，可是这么多的人都在说他的坏话，也说明这个庞葱得罪了很多人啊。一个得罪了这么多人的人，又怎么可能是好人呢？"这段话，成了压死骆驼的最后一根稻草。

扫二维码
听嘉庆叔叔讲故事

当魏王的太子作为人质期满回国后，魏王再也没有召见过庞葱。

跟嘉庆叔叔练写作

试着分析《三人成虎》这个故事是以什么为贯穿全文的线索的？请梳理这个故事的线索脉络。

第四个故事：一叶障目

——故事扩展训练

原文

楚人贫居，读《淮南子》，得“螳螂伺蝉自障叶，可以隐形”，大喜，遂于树下仰望，欲觅螳螂伺蝉自障叶。偶见之，即缘而摘之，然不慎叶落树下。树下先有落叶，不能复分别，乃扫取数斗归，一一以叶自障，问其妻曰：“汝见我不？”妻始时恒答言：“见。”经日，乃厌倦不堪，绐云：“不见。”楚人默然大喜，赍叶入市，对面取人物。吏遂缚而诣县。县官受辞。自说本末，官大笑，放而不治。

——《笑林广记》

现代文翻译

楚国有一个人生活很是贫穷，他看到《淮南子》上有这样的记载：螳螂在捕蝉时用树叶遮住自己的身体，其他小昆虫就看不见它了。楚人非常高兴，于是跑到一棵树下抬头仰望，希望找到那片螳螂在捕蝉时用来遮蔽自己的树叶。他果然发现了，就伸手想摘下来，不料失手，那片树叶竟自己飘落树下。树下原本就有落叶，所有树叶混在一起，再也无法辨认。于是，他索性将落叶全部扫起，收了足足有几斗。

将树叶抱回家后，他一片一片地拿起树叶遮住自己的眼睛，问他妻子："你还能看见我吗？"

开始，他妻子一直说："能看见。"后来，他折腾了一整天，妻子疲倦不堪，很不耐烦，便骗他说："看不见了！"这人一听心里暗暗大喜，急忙将选出的树叶揣在怀里，跑到街上去。

到了闹市，他举着树叶，当面拿别人的东西，结果被官府差吏当场抓住，押往县衙。

县官审问他的时候，他老老实实地叙述了事情的始末。县官听了，大笑一通，训斥了他一顿后，竟把他释放了，并没有惩治他。

我们在前面已经将故事写作的常用技巧梳理完毕。下面我们要做的就是学习如何将简短的一段话、一个情节，或者一个小事件，扩充成一个丰富有趣、引人入胜的完整的故事。

下面我们就以《一叶障目》为例，来看看如何做到这一点。嘉庆叔叔把自己扩充这个故事的思路向大家和盘托出，大家注意领悟，看一看一篇原本只有一百多字的文章，是如何变成一个可以讲上十几分钟的有趣的故事的。

首先，确定故事的主人公。《一叶障目》这个故事涉及的人物有楚国人、妻子、县官。通过故事情节，我们能够确定这个故事的主人公，就是那个贫穷的楚国人。

其次，分析主人公的性格，以确定人物形象。原文写得很清楚，这个楚国人非常贫穷，所以我们应该从他的衣着打扮上突出这一点。同时，通过故事情节，我们可以知道这个人渴望不劳而获，甚至会去集市偷拿人家的东西。所以，我们应该从相貌上对他的不良性格加以凸显。

再次，梳理一下这个故事的主要脉络：楚人看书得知隐身叶——楚人树下寻找隐身叶——楚人让妻子帮忙分辨隐身叶——楚人手拿隐身叶到集市偷拿他人财物——楚人被扭送到官府——楚人告诉县官前因后果——楚人被县官释放。脉络梳理完毕之后，不难发现，楚国人就是这个故事的主要线索。其实，那片隐身叶作为整个事件的起因，也是贯穿了所有情节的。我们在扩充这个故事的时候，可以把这两点都作为故事的线索来展开。

最后，有机地增加故事细节。故事的趣味往往在于细节，这个故事的人物性格十分突出，但原文中细节太少，人物的性格还可以更加夸张地加以展示。在原文中有一句，“楚人默然大喜，赍叶入市，对面取人物。”其实可以好好地在这一句上做一做文章。我们可以想一想，楚人举着那片隐身叶，都拿了什么人的什么东西呢？如果拿了一件东西，就被人抓起来了，那还会有趣吗？为了增加故事的趣味性和人物的鲜活性，可以让楚国人多拿几件别人的东西。

好了，以上我们进行了一系列的思考，这种思考方式，完全可以作为我们扩充其他故事的技巧和方法。下面就来看看嘉庆叔叔讲的这个故事吧。

嘉庆叔叔写故事

一叶障目

在很久很久以前，楚国有一个书生，他的家境非常穷困，可以说是家徒四壁，身无分文。他和妻子经常是三五天也吃不上一顿饱饭，吃了上顿没有下顿。他只有一件长褂子能勉强遮体，这件长褂子有灰白色的袖子，蓝灰色的前摆，但后摆是黑色的。为什么他一件衣服却有这么多颜色啊？因为那是由几件破碎的衣服裁剪过后拼在一起的。就是这样，那衣服上前前后后还打满了补丁，而且有些补丁上还摞着补丁，大补丁上还打着小补丁，补丁的颜色也不一样，显得那衣服五颜六色的。

家里穷成了这样，可这书生还是不爱劳动，每天想的就是怎么能从书里找到发财的办法。

有一次，他看了一本叫作《淮南子》的书，这本书里写道："螳螂捕蝉的时候，会用一片叶子遮住身体，有了这片叶子，其他的昆虫就看不到它了。"

看到这里，书生非常兴奋，大叫一声："哈哈，这回可该我发财啦！"

妻子看着他兴奋的样子，问道："你是捡到钱了还是怎么的？咋乐成这样？"

书生说："哈哈，比捡钱强一万倍。你就等着跟我享福吧。"

书生说着跑到了外面，盯着院里的那棵大树，寻找捕蝉的螳螂。他等啊等啊，从太阳初升，一直等到日头爬到了头顶。他的眼睛一直盯着大树上的树枝，日光太刺眼，只能眯成一条缝，却还是专注地寻找着。

突然，他看到在一根高高的树杈上，一片树叶下面出现了一只螳螂，它正用树叶遮挡着自己的身体，朝着前面的一只蝉慢慢爬去。说时迟，那时快，螳螂猛然从树叶下窜出，伸出两把大刀一样的手臂捉住了那只蝉。

这一下，书生的精神头儿更大了。他紧紧地盯着螳螂刚才用过的那片树叶，眼睛眨都不敢眨一下，生怕一眨眼就错过了那片叶子。他仰着已经发酸的脖子，蹭到树下，然后慢慢地往树上爬，好不容易爬到了那根树杈上后，连忙用手去够那片叶子。不想那片叶子离得太远，他骑在树干上，一手搂着一根粗树杈，身子使劲儿往前探，另一只手慢慢地往那片树叶跟前探。就在他的手指马上要碰到那片树叶的时候，他身子失去了平衡，“咔嚓”一下压断了树杈，自己跟着树杈一起掉到了树下。这一下摔得书生满眼冒金星，满身都是土。可是他完全顾不得这些，赶忙去找那片叶子。可是这时树杈已经掉在地上，那片叶子也跟着一起掉到了地上，而地上落满了树叶，根本分不清哪一片是螳螂用过的树叶。

书生累得满头是汗，这时屋子里的妻子听到外面的动静，喊了一声：“相公，你怎么了？”

“没事。”刚一回答，书生突然想到一个主意，连忙用簸箕把地上所有的落叶一片不少地收集了起来，足足收集了好几斗。

书生抱着这好几斗树叶进了屋子，兴高采烈地对妻子说：“夫人，你帮我个忙，一会儿我一片一片地举树叶，你要是看不见我，你就告诉我一声。”

妻子听了有些疑惑：这树叶真能隐身吗？妻子看着自己丈夫这狼狈样，又看他认真的样子，绝不像在开玩笑，就点了点头。

书生说着就举起了一片叶子，问道：“看得见我吗？”

这怎么可能看不到呢，妻子回答道：“看得见。”

书生又拿起一片叶子：“这回看得见我吗？”

“看得见。”

……

就这样，书生和妻子开始了漫长的寻找树叶的历程。从当天中午一直找到当天傍晚，从当天晚上，一直找到后半夜，最后熬到了第二天早上，剩下的树叶不多了，妻子也困得实在坚持不下去了。

后来，妻子实在撑不住了，就想赶快结束这痛苦的找树叶的工作，因此就在书生又一次问“看得见我吗”的时候，回答说“看不见了”。

听到这一声回答，书生起初没反应过来，还接着问：“看得见我……”最后一个“吗”字还没喊出来，突然叫道：“什么？”妻子依旧没精打采地说“看不见了”。这时，书生一下子抓起了那片叶子，“蹭”的一下从床上蹿起来就往外跑，一边跑还一边喊着：

"哈哈，我要发财啦，我要发财啦！"

妻子一看，知道他要惹事，连忙喊："我骗你的，看得见，看得见！"可是那书生哪还听得见哪，转眼间就跑得没影儿了。

书生举着这片叶子，大模大样地走在大街上，逢人就把树叶高高举起来，玩命地盯着别人看。别人都觉得这人是不是得了什么病，谁也不敢理他，都躲得远远的。他却以为是隐身叶起了作用，以为别人都看不见他呢。他心想：看来街上的人真的看不见我，我得试一试，看看这隐身叶的魔力到底强不强。

于是，他走到一个烧饼铺前，伸手抓了四个烧饼。那烧饼是刚出锅的，还热着呢。他这一抓，手指差点儿都给烫成胡萝卜了。可是他也不管那么多了，直接就往嘴里塞。旁边的烧饼铺老板一看书生的打扮和行为，心里想：这个人穿得这么破，吃得这么急，甭问肯定是饿坏了，几个烧饼又没有多少钱，算了吧，就当施舍给他了，让他吃吧。于是，那烧饼铺老板根本没理书生。这一下，书生可乐坏了：哈哈，烧饼铺的老板也看不见我，看来这隐身叶是真的。

吃完了烧饼，书生想：有了隐身叶我可要发财了，我得找值钱的东西拿。他想来想去，想到这个县城里最值钱的无疑就是县太爷的那方大印哪！那可是权力的象征，拿到那方大印自己就是县太爷了，想打谁就打谁，想抓谁就抓谁，对，现在就去县衙拿大印。

书生走到县衙门口，两个差役直直地站在那里。书生高高地举起隐身叶朝他们晃了晃。那两个衙役心里想：这人怎么了，大白天的拿这片树叶在衙门口晃什么呀？看他那样子，浑身上下衣服没有一块好地方，瘦得皮包骨头，脸上还有不少芝麻粒儿，肯定不大正常，是个疯子。原来刚才书生吃烧饼的时候，太着急了，脸上沾了不少芝麻，自己也忘了擦了，因此看上去更像个疯子了。因此，那看门的衙役没理他。

这回，书生心里彻底踏实了，他相信谁也看不见自己了，突然脚上一用力，噔噔噔，几步就跑进了衙门里。那两个看门的都傻了：

“怎么回事，这疯子怎么闯进衙门里了？”两个差役再想追已经晚了，书生都到了衙门大堂上了。大堂上，三班衙役直直地站着，县太爷坐在桌案后头正在批阅公文，谁也没想到有人敢自己往这儿跑。

只见高举着树叶的书生，一眼就看到县太爷桌子上的大印。书生乐得嘴都合不到一块儿了，跑过去，伸手就把大印抓住了。这个时候，全场的人可就都明白过来了。这疯子要抢大印，县太爷可真急了，大叫一声：“光天化日，胆敢私闯公堂，强抢大印，来人，给我打！”旁边的衙役赶紧跑上来，两个人按胳膊，两个人按住腿，一下就把书生制伏了。又过来两个人，一人抡起一根大棍，可就打开了。

扫二维码
听嘉庆叔叔讲故事

没打几下，书生的屁股就开了花。可屁股上虽然挨着板子，书生还是不相信这一切，大喊着：“不对呀，你们不是看不见我吗？”

您看，这个时候，他还没明白过来呢！

跟嘉庆叔叔练写作

尝试将《一鸣惊人》这个成语故事，扩充成一个丰富有趣的故事。

原文

楚庄王莅政三年，无令发，无政为也。右司马御座，而与王隐，曰：“有鸟止南方之阜，三年不翅，不飞不鸣，默然无声，此为何名？”王曰：“三年不翅，将以长羽翼；不飞不鸣，将以观民则。虽无飞，飞必冲天；虽无鸣，鸣必惊人。子释之，不谷知之矣。”处半年，乃自听政，所废者十，所起者九，诛大臣五，举处士六，而邦大治。举兵诛齐，败之徐州，胜晋于河雍，合诸侯于宋，遂霸天下。庄王不为小害善，故有大名；不蚤见示，故有大功。故曰：“大器晚成，大音希声。”

——《韩非子·喻老》

现代文翻译

楚庄王熊旅统治楚国三年，没有发布一项政令，政绩上毫无作为。

右司马伍举来到君王座驾旁，对楚庄王说：“有一只鸟停驻在南方的阜山上，三年不展翅，不飞翔，也不鸣叫，沉默无声，这是什么鸟呢？”

楚庄王说：“三年不展翅，是为了生长羽翼；不飞翔、不鸣叫，是为了观察民众的态度。虽然还没飞，一飞必将冲天；虽然还没鸣，一鸣必会惊人。你放心，我知道了。”

经过半年，楚庄王亲自上朝，废除数十项旧政令，启用九项新政令，诛杀大奸臣五人，提拔隐士六人，国家得到大力整治；带兵讨伐齐国，在徐州大败齐军，在河雍战胜了晋军，在宋国会合诸侯，终于使楚国称霸天下。

庄王不因为好事太小而不做，故此能有好的名声；不把没有意义的东西拿出来宣扬，故此能有好的功绩。所以说："越是有大才能的人因为要经过长期的磨炼所以通常越晚成功，而越是大的成就往往越不可估量。"

玩着玩着就会了

任意确定三个客观对象。请注意，这三个客观对象，可以是人，可以是动物，也可以是风景，但要确保从表面上看它们彼此之间毫无关系。比如：西红柿、拖拉机、奥特曼；再比如：太平洋、足球、秦始皇。请发挥你的想象力，编一个故事，故事要以这三个客观对象为线索，并且一定要以其中的某一个为主要线索展开。

第五章

故事情节的渲染技巧

第一个故事：薛谭学讴

——文学艺术的灵魂：对比

原文

薛谭学讴于秦青，未穷青之技，自谓尽之，遂辞归。秦青弗止，饯行于郊衢，抚节悲歌，声振林木，响遏行云。薛谭乃谢，求反，终身不敢言归。

——《列子·汤问》

现代文翻译

薛谭向秦青学习唱歌，还没有彻底掌握秦青的歌唱技艺，就自以为学会了，于是要告辞回去。秦青没有劝阻他，在城外大道旁用酒食设宴给他送行，秦青打着节拍，高唱着慷慨雄壮的悲歌。歌声振动了林木，响彻天空。薛谭于是向秦青道歉，想要留下来继续学习。从此以后，薛谭一生再也不敢说要回去。

我在前四个章节中，已经把编写故事的方法和技巧介绍给了大家。其实光学了这些是远远不够的，因为还有一个最重要的部分没有涉及，那就是故事的情节。我在前面曾经说过，故事是人物的故事，人物是故事的人物。这句话中所指的故事，其实主要就是说故事情节。

然而，故事的写作技巧过于庞杂，很难用一个章节来给同学们介绍清楚。而且故事情节的写法，不同的作者有不同的喜爱和偏好，可谓百花争艳、大相径庭。故事情节的写作能力，也需要大量的、刻苦的训练，才能够逐渐成熟起来。在这里，嘉庆叔叔想将大部分故事写作中常常用到的，也是我个人非常有体会的一些情节的写作技巧和方法，用最简单的方式、浅显的语言，给大家做个介绍，希望能对大家有所帮助。

下面，嘉庆叔叔就将自己多年来领悟到的，最有概括性的写作中最常用到的情节写作技巧告诉大家。可以说掌握了这个技巧，就掌握了故事写作的精髓。这个技巧就是——对比。

对比，说白了就是比较。这其实是任何艺术形式当中都非常常见的一种技巧。比如，音乐中，有音阶的高与低的对比，有音量的大与小的对比，有

音长的长与短的对比，有节奏的快与慢的对比，正是这些对比形成了一曲曲优美的旋律，动人心魄；绘画中，有颜色深与浅的对比，有线条的长与短、粗与细的对比，有物体的大与小的对比，有呈现抽象与形象的对比，正是这些对比形成了异彩纷呈、五光十色的图画，勾勒世界，描绘天地；再比如书法中，有行笔快与慢的对比，有墨色浓与淡的对比，有纸张吸水性强与弱的对比，有章法疏与密的对比，这些对比形成了或酣畅淋漓或沉着雄健的书法作品。

在编写和演讲故事这门艺术中，同样要大量地利用对比。先说讲故事，音量的大与小，语速的快与慢，情绪的强与弱，态势语的多与少、开与合，等等，都是对比，都会影响故事的演讲效果。这部分内容在《嘉庆叔叔教你讲故事，练口才》中有详细的阐述和练习，在这里就不赘述了。下面重点讲一下编写故事中的对比。

编写故事是用故事中的情节和人物打动人，吸引人。渲染人物需要先突出他的性格特点，性格越突出，观众或读者对他的印象就越深，用性格特点鲜明的人物来展开故事情节，就更加引人入胜。再说情节，故事需要靠情节来展现作者的构思和思想。情节只有曲折动人，才能让观众或读者有更多的感受和共鸣。

那么问题来了，怎么才能让人物更有性格特点，从而情节更加曲折动人呢？答案就是两个字——对比。

前面关于人物五官、穿着、举止、语言等的描写技巧与方法的介绍，其实都是为了突出人物性格。其中，很多时候都会用到对比的方法，在这里不多讲，请同学们自己慢慢体会和领悟。下面讲我们这一章的核心要素——情节的对比。

情节的对比，包括的内容也非常庞杂，包括：曲折与平直的对比，紧张与舒缓的对比，悲伤与欢乐的对比，安静与热闹的对比，等等。情节对比的目的，是为了突出故事的主旨和作者的思想。平铺直叙，没有对比的情节，是无味的，很难令观众和读者产生共鸣。

比如，《沉香救母》这个故事，如果我们要突出沉香知道自己母亲的遭遇后的悲伤痛苦的情绪，那么在这之前，我们就应该先设置一段高兴的情节，比如小沉香上课调皮啦、和同学打架啦，等等。接着再急转直下，进入低沉的情节中，这样观众的情绪会更容易被调动起来并深陷其中。这种方法一般被称为欲扬先抑或者欲抑先扬。其实，情节的对比远不只扬和抑这么简单，但这种说法很典型地指出了情节对比的精髓，那就是利用对比可以强化情节，加深读者的印象和感受。

这样的例子还有很多，比如要描写一段快乐到极致的情节，就要先把痛苦写到极致，当痛苦在一瞬间化解时，那快乐的感觉也自然会令观众久久难忘了。《西游记之火焰山》中，师徒三人躲在一堵高墙的阴影里，却依然汗流浃背，尤其是猪八戒，连那舌头上的口水都干了，嘴唇上一道道的裂纹透出一丝丝的白线，衣服上的汗碱一层层的生生把黑布给变成了白色。随后，孙悟空三扇子扇灭了火焰山，霎时间天空下起了大雨。所有人都跑进了雨里，猪八戒躺在泥坑里，张着大嘴接着雨水，发出哼哼的欢乐的叫声，似乎想让身体的每一个细胞都吸饱雨水一般。这是用干旱带来的痛苦衬托雨水降临时给人们带来的快感。

再比如要描写一种安静的氛围，可以用一定的动静和声响来反衬。《卖油翁》中，卖油老人手里的瓢略微一倾，那里面的油就像一条线一样流了出来，不偏不倚正好落入铜钱的钱眼进了葫芦里。所有的人都瞪大了眼睛，一声不吭，只能听到那油落入葫芦里的声音。这里的对比是，用油入葫芦这个平时不太会注意到的声音来衬托当时的安静。

下面嘉庆叔叔就用《薛谭学讴》这个故事来进一步向同学们展示一下对比的力量。

嘉庆叔叔写故事

薛谭学讴

话说战国时期的秦国，有一位唱歌高手名叫薛谭。他很小的时候，周围的邻居们就都非常爱听他唱歌，人们听他唱歌时常常忘了吃饭，忘了睡觉。他不停下来，别人绝不会走。到了成年以后，他唱歌的本事就更是声名远播。有人说，薛谭的歌声简直可以媲美春秋时期余音绕梁的韩娥。

有一次，薛谭又应大家的邀请，为村民们唱歌。一曲唱完，掌声如雷，好评如潮。这时从远处走来了一个人，这人四十来岁，一身青黑色的布衣，衣服的料子非常普通，就是常用料子，头发已经有些花白。这人一脸慈祥的笑容，两只眼睛总是微微地眯着，脸上的皱纹使他显得比实际年龄要大很多。他走到人群的最前面，微笑地看向薛谭，然后他微微地撇了撇嘴，又摇了摇头。他摇头的时候，正好让人群中央的薛谭看了个正着。

薛谭非常不高兴，他忙走上两步，对这个人拱了拱手，问道："敢问这位先生，您认为我的歌声不好听吗？"那人还是微微地笑着并摇了摇头。

这时周围的人们才注意到这个人，都觉得这个人真的是不知道深浅，居然连远近闻名的薛谭也敢嘲笑。

这时，薛谭十分疑惑地问道："那您为什么摇头呢？"

那人这才慢条斯理地说："你的歌声婉转动听，实在是非常难得的好声音，但是……"听到这声"但是"，薛谭把耳朵竖得更高了，静静地听着。周围的人也都不言不语地等着看他要说什么。那人接着说道："你的年纪很轻，中气很足。但是也就是因为你的中

气过足，使得你的歌声太过僵直，而少了一份灵动。你是不是常常在清晨初醒的时候，嗓子沙痒难耐，干咳不止？”

听了这话，薛谭非常吃惊，因为这个人说得简直太准了，就像是亲眼见过自己清晨咳嗽一样。

看到薛谭吃惊地看着自己，那人接着说：“那是因为你用嗓子太过用力，操之过急，才会出现这样的症状。如果这样长久下去，用不了三年五载，你的嗓子别说唱歌，恐怕连出声说话都难啦。”说完这话，那人转过身去，似乎要走。

听了这话，薛谭吓出一身冷汗，他当然害怕自己的嗓子真的说不出话来，于是连忙走到那人的前面一躬到底：“听先生如此说，定然有挽救的方法，求您救救晚辈吧。”

“要救你也不难，除非你做我的徒弟。”那人并没有看薛谭，而是眯着眼睛看向远方。

薛谭抬头看了看，说：“能拜在先生的门下，当然是晚辈三生有幸。只是敢问先生您的尊姓大名啊？”

那人并没有答话，反而微微地吟起了一首诗：“春风拂面送花香，伤别离吾心惶惶。天涯海角难相见，人隔千里共婵娟。”

听到这四句诗，薛谭大吃一惊，原来这首诗是一首歌词，是当时四海闻名的著名歌者秦青的代表作。这首歌词薛谭非常熟悉，只是从来没有见过秦青，更没有听过这首歌。今天在这里听到这歌词，再看这先生的气度，便深信不疑，他就是秦青。于是，薛谭连忙双膝跪地，大声喊道："晚辈不知道是秦前辈大驾光临，当面请罪。今天能拜在秦前辈的门下，实在是我几辈子修来的造化！"

秦青稍一垂手将薛谭扶了起来。

从此以后，薛谭便跟随在秦青的身边学习唱歌的本领。

薛谭经过几年艰苦的学习和训练，唱歌的技艺飞速提高。也由于秦青的指导方法非常有效，薛谭清晨咳嗽的毛病也渐渐没有了，他的嗓音更加高亢嘹亮，演绎起歌曲来更加得心应手。在他每天练歌的时候，周围的邻居们都会不知不觉地围拢过来，非常享受地聆听。听了薛谭的歌，人们像喝了甘醇的美酒一样，陶醉痴迷。薛谭对自己也是越来越有信心了。

只是随着时间的流逝，薛谭心中的一个疑问却越来越大了。他从来没有听过秦青唱过哪怕一首歌。每次他恳请师傅唱一首歌，师傅都是笑而不答。时间长了，薛谭想："我唱歌的技术已经到了这种地步，哪怕是天上的神仙也都快被我比下去了吧。师傅从来也没有唱过一首歌，肯定是觉得唱不过我，怕丢丑，所以才不唱的。我看哪，唱歌的技术我也学得差不多了，干脆跟师傅辞行吧。"

这一天上早课的时候，薛谭来到秦青的面前，躬身施礼道：

“先生，学生想向先生辞行。”

秦青坐在那里看着他，依旧微眯着眼睛说：“哦？你为什么要走啊？”

“学生觉得唱歌的技艺已经学得差不多了，所以想到各地去游历一番。”薛谭鼓足勇气说，他本以为老师会说他不自量力，不知天高地厚之类的话，不让他走。可是，没想到秦青却说：“好，那你今天收拾收拾。明天一早我送你上路。”

薛谭实在没想到，这次辞行这么顺利，于是谢过了师傅便回屋收拾行李去了。

第二天，秦青在城外的大道旁摆了两坛酒，为薛谭践行。两杯酒后，薛谭便要离开，秦青说：“徒儿啊，你跟了我几年了？”

薛谭想了想说：“五年了。”

“这五年，我从没给你唱过一首歌，今天你要离开，也不知道何年何月能够再见，这样吧，为师为你唱上一曲。”

听了这话，薛谭浑身一个激灵，他没想到师傅会在这个时候为自己唱歌。他眼睛直直地看着师傅，只见秦青双唇轻轻启动，随后便发出了一种自己从没有听过的声音。这声音简直就是天籁。

“春风拂面啊送花香，

伤别离啊吾心惶惶。

天涯海角啊难相见，

人隔千里啊共婵娟。”

扫二维码
听嘉庆叔叔讲故事

这就是传说中秦青最为擅长的那首歌。这歌声并不嘹亮，但是每个音符却能戳进薛谭的心里；这歌声并不高亢，却像一条清冽的小河流向远方。天上的云彩似乎在这一刻停止了流动，清风似乎在这一刻驻足倾听。两行清泪从薛谭的眼中缓缓流出。他真的不知道为什么，他明明没有悲伤，却被这歌声感动得热泪盈眶。

秦青一首歌唱完，薛谭立马跪在秦青的面前泣不成声。从此以后，薛谭再也没有提过要离开秦青的要求，直到秦青离开人世。

在上面的故事《薛谭学讴》中，我运用了大量对比的方法。比如薛谭和秦青神态上的对比，一个沾沾自喜，一个气定神闲；一个歌声嘹亮却有瑕疵，一个声音并不高亢却直戳人心；一个心浮气躁，学了几天就志得意满，一个声如天籁，却从不轻易示人。这样的对比，让两个人物的性格非常鲜明地显现出来。另外，在这个故事中还有一个对比，手法和一般的对比手法有所不同，那就是同向的衬托式的对比。从故事开篇，着墨颇多形容薛谭的歌声如何优美，如何声名远扬，但是秦青的歌声却从未出场；以至于让薛谭萌生了自己已经超过了师傅的想法。最后，秦青为薛谭饯行，终于亮嗓的时候，却一下子击中了薛谭的心，使他终身不敢再提辞行。可以说整个故事前面的百分之八十，都是在为秦青最后这一亮嗓做铺垫，用薛谭的歌声衬托秦青的歌声。

在文学作品中，这种方法经常可见。比如，作者要形容某位功夫大家武功了得，他不是先直接形容这位功夫大家的功夫，而是把另一位高手塑造得神乎其技，招法高超。最后，再让那位功夫大家出手，轻松制服了这位高手。这一下，那位功夫大家的形象就立刻高大了起来。

很多同学在写作中常被告知“文要曲”，知道文章要写得曲折动人，但是却一直不明白到底怎么做才能做到“文要曲”。其实，“文要曲”说到底就是对比，为了达到一个目的，拿出很多的反例和衬托，来与核心事件、核心人物进行对比，反差出现了，文章自然也就曲折动人了。

跟嘉庆叔叔练写作

尝试用对比的方法，描写一件令自己十分难忘的事情，可以是高兴的事，也可以是悲伤的事，甚至可以是令自己非常气愤的事。注意：在描述的时候，请适当使用对比的方法，以使整件事情更加鲜活、生动。

玩着玩着就会了

充分发挥你的想象力，尽可能夸张地描绘下列几种情境：狂风大作、摩天大楼高耸入云、显微镜下绚丽多彩、运动员百米冲刺如离弦之箭。为了让这些情境给人的印象更加深刻，可使用我们刚刚介绍过的对比的手法来渲染情节。

第二个故事：守株待兔

——先考虑故事再考虑形式

原文

宋人有耕者。田中有株，兔走触株，折颈而死。因释其耒而守株，冀复得兔。兔不可复得，而身为宋国笑。

——《韩非子 · 五蠹》

现代文翻译

宋国有一个农夫，在他家的地里有一个树桩子。有一天，他正在干活儿，有一只兔子跑过来撞在树桩上，折断脖子死了。于是，农夫扔掉了农具守在那个树桩边，期待可以有更多的兔子撞上来。

结果再也没有得到一只兔子。他因此成了宋国的笑话。

我们在前面的内容里学习了写人的五官相貌、穿着打扮、举止行为及语言特点的方法，也学习了描写静物、动物、近物、巨物等的方法，后来又学了开头、结尾、内容的写法，这些都是使故事或文章更加引人入胜的方法。但是，当我们得到了一个故事或者作文的题目，首先要考虑的绝不是这些形式，而是故事本身。这里所说的故事本身，就是指故事的主旨以及围绕故事的主旨如何拟定人物、展开情节。所有的形式都必须围绕故事的主旨展开，为故事的核心思想服务，如果脱离了这一点，故事也就失去了灵魂，形式运用得再好，也是没有意义的。

我们确定了故事的主旨、核心思想，就知道哪些情节应该详细展开，哪些情节可以一笔带过甚至忽略。下面，我们就用《守株待兔》为例来给大家诠释一下，如何从故事的主旨出发构思一个故事，继而运用不同的表现形式来将故事写好。

《守株待兔》这个故事的核心是讽刺了那个农夫不懂得尊重自然的客观规律，只想不劳而获的思想。那么这个农夫就是故事的核心人物，他的人物性格就是只想要投机取巧、不劳而获，不懂得尊重事物的客观规律。因此，农夫的外貌特征、内心想法和行为举止，都要牢牢围绕他的人物性格展开，这样才能体现故事的核心思想。

想清楚以上这些内容后，再来思考如何突出这个人物，我们可以想象，这样一个农夫会有什么样的相貌、什么样的穿着以及行为乃至语言上可能会有什么特点？嘉庆叔叔带大家做一个想象，这个农夫做事情特别浮躁、不踏实，从年龄上应该是一个年轻人，相貌上应该比较普通，至少不会是高大挺拔的形象，应该稍有一些负面形象的描写，才符合对他进行讽刺的目的。另外，从故事的结局——农夫守着树桩荒废了庄稼来看，他是一个好吃懒做的人，所以行为上也应该有所体现，比如不爱劳动，拈轻怕重，等等。

基于以上的思考，我们就可以勾勒出《守株待兔》中农夫这个人物的形象了。同时我们还要清楚，不属于这个农夫的行为和主线的内容，都是可以简略带过的。比如，这个故事里有一个提醒农夫“再等下去，庄稼全要荒废了”的邻居，就是一个次要人物，他的形象和行为是为了衬托农夫的，就不需要详细地呈现。其实，先考虑故事，也就是确定了故事的核心，进而就明确了故事的详略。

另外，从故事情节的角度出发，前面讲过，对比才能产生更加强烈的效果。为了突出《守株待兔》中农夫的愚蠢，前面在他意外得到兔子的时候可大肆表现他的兴奋、高兴，结尾处则要表现得沮丧、狼狈，这前后的对比能够凸显故事的核心思想，给人留下深刻的印象。

在经历了这样一系列的分析和思考后，嘉庆叔叔下面就把《守株待兔》这个故事呈现给大家。大家看看这样思考的结果是不是和你以往听到的《守株待兔》有些不一样的感觉？是不是更生动，更有趣了？

嘉庆叔叔写故事

守株待兔

战国时期，宋国有一个年轻的农夫。他家里非常贫苦，只有父母留给他的几亩田地。其实，他的父母在世时，生活过得倒也安逸，因为不论是田里的庄稼还是家里的活计，都有爹妈帮着操持，他每天东家串串，西家走走，到了该吃饭的时候，就回家吃饭。可是，好景不长，他的父母因病相继离世了，家里就只剩下了他自己，他再也指望不上别人了。

如果他能像父母那样，每天日出而作，日落而息，肯定也能生活得不错。但是，这个农夫不是这样的，犁地的时候，耕不了几垄田就腰酸背痛，别人都是深深的犁快快地走，可是他却说：“算了吧，犁那么深，我的肩膀都要被压弯了。浅浅犁上几行就行了。”浇水施肥的时候，别人都是勤浇水、多施肥，可他却说：“算了吧，浇那么多水，施那么多肥，也没见庄稼长得多快，还不是要到几个月后才能成熟。”为庄稼锄草的时候，别人都是天天守在地里，不让田里有一点儿杂草，可他却说：“算了吧，天天除草有什么用，那草还不是天天都在长，等草都长高了，长多了，再一块锄吧。”

就这样，每到收获粮食的时候，他家的地总是全村产量最少的。粮食少了，农夫吃的就少，也没有富余的粮食可以换钱，他的生活也就越来越窘迫。

话说这一天，农夫正在地里慢慢悠悠地锄草。突然，他听到远处有窸窸窣窣的声音，好像是有什么动物正从田边的小树林里往外跑。他赶紧抬起头来，朝那声音传来的方向望去。只见一只灰色的兔子正惊慌失措地从林子里跑出来。它的后面应该是有什么野兽在追它。眼看着兔子就要跑出树林跑进田地，突然“砰”的一声，那只兔子竟然一头撞在了一个树桩子上，当时脑袋被撞破，倒在地上，蹬了两下腿，不动了。

农夫一见，乐得嘴都合不拢了，哈哈大笑着，扔下了手里的锄头和一丛杂草，连蹦带跳地跑到树桩子前，拎起了那只兔子。农夫把兔子拎在手里，掂了掂，足有五六斤重。看着手里的兔子，他想：太好了，好久都没有吃到肉了，今天晚上可以美美地吃一顿兔肉，喝上一锅兔子肉汤了。想到这，他连地里的镰刀和锄头都不管了，直接跑回了家，开始生火做饭。

这一天，年轻的农夫吃了一顿这辈子从未吃过的最美味的兔肉大餐，美美地睡了一觉。第二天早晨，太阳晒到屁股了，农夫才懒洋洋地爬起来。像往常一样，农夫来到田里，刚要下地干活，就又看到了昨天的那个大树桩。他心想：这天天在田地里干活，实在是太辛苦了，既然昨天有兔子撞到树桩上，说不定今天还会有兔子撞上去，以后保不齐天天都会有兔子撞上来呢，那我还种什么庄稼

呀，天天等在树桩旁捡兔子不就完了吗？等捡的兔子越来越多，我还能拿兔子肉和兔子皮去换钱，那样我不就发财了吗？想到这，农夫是越想越高兴，哪还顾得上还在田里扔着的农具，径直走到树桩旁，靠着树桩打起盹儿来。

农夫刚躺了一会儿，他的邻居正好路过，问他："喂，你在干吗呢？"

农夫把手指放在嘴巴前，说："嘘……别吵吵，我正在等兔子撞上来呢。你别把它吓跑了。"

邻居一听就笑了，说："你昨天能碰到兔子，实在是运气，怎么可能天天都有那么好的运气呢？"

扫二维码
听嘉庆叔叔讲故事

农夫一听就生气了："我的运气好不好，用不着你多嘴。等我卖兔子发了财，你别看着眼红就行了。"

听到这里，邻居摇了摇头，便不再搭理他，继续干自己的活儿去了。

从此以后，农夫再也没有下地干过活儿，每天就是呆呆地守在树桩旁，可是他再也没有见到一只兔子撞上来。他的田越来越荒，杂草越来越茂盛。那扔在田里的锄头和镰刀，都已经生了锈，不能用了。就这样，农夫原本就非常窘困的生活，变得更加贫穷了。

跟嘉庆叔叔练写作

一、分析一下，在《守株待兔》这个故事里，嘉庆叔叔都采用了哪些具体的我们之前学过的方法来凸显农夫的人物形象。

二、尝试扩写《亡羊补牢》这个故事，争取能够创作出一个生动有趣且引人入胜的好故事来。

玩着玩着就会了

尝试续写《守株待兔》，给那个农夫设计一个完全不同的结局。比如，或许那个农夫想到了一个好的方法，利用这个方法，真的每天都能得到兔子；或许他不再守株待兔，而是直接养起了兔子……当然这都是嘉庆叔叔的猜想，你有没有自己的想法呢？

第三个故事：晏子谏杀烛邹

——侧面描写的作用和方法

原文

景公好弋，使烛邹主鸟而亡之。公怒，召吏欲杀之。晏子曰："烛邹有罪三，请数之以其罪而杀之。"公曰："可。"于是召而数之公前，曰："烛邹！汝为吾君主鸟而亡之，是罪一也；使吾君以鸟之故杀人，是罪二也；使诸侯闻之，以吾君重鸟而轻士，是罪三也。数烛邹罪已毕，请杀之。"公曰："勿杀，寡人闻命矣。"

——《晏子春秋·外篇》

现代文翻译

齐景公喜欢捕鸟，让烛邹管理那些鸟。

不久，鸟飞走了。齐景公十分生气，下令让官吏杀了烛邹。

晏子说："烛邹有三条罪行，请让我将他的罪行一一列出加以斥责，然后杀掉他。"齐景公说："好。"于是，齐景公就召见了烛邹。

晏子在齐景公面前列数烛邹的罪行，说："烛邹！你是我们君王的养鸟人，却让鸟跑了，这是第一条罪行；让我们君王为了一只鸟而要杀人，这是第二条罪行；让诸侯听到这件事，认为我们的君王是看重鸟而轻视手下的人，这是第三条罪行。罪状列完了，请杀了他。"齐景公说："不用处死他了，我明白你的指教了。"

相传宋徽宗非常喜欢画画，曾经给他的画师们出过这样一个考题，题目是"踏花归来马蹄香"。这个题目中，踏花、归来、马蹄，表现在画上都不难，唯独一个"香"字难坏了众画师。如何用一幅画来表现一种香气呢？只有一个年轻的画师突发奇想，在马蹄的旁边画上了几只翩翩起舞的蝴蝶。这一下就显示出了马蹄上沾染了许多花香的意境。这幅画得到了宋徽宗大大的

褒奖。

在这个故事中，那位年轻画师利用蝴蝶来烘托马蹄自带香气的方法，在写作中被称作侧面描写。侧面描写就是不通过正面的直接描写来形容人或事物，而是用间接的手段和现象来衬托描写对象的方法，这种方法又被称为间接描写。

由于侧面描写不是正面的直接形容描写对象，更加含蓄而富于想象力，所以往往会令人耳目一新、眼前一亮，甚至比正面描写更能够烘托气氛和突出人物。但也正是因为如此，侧面描写的难度也就更大。不过，只要掌握了侧面描写的规律和技巧，这道门槛也并不是特别的难以逾越。说穿了，侧面描写就是要比正面描写多想一步。就拿刚才宋徽宗考画师那个例子来说吧。那个画师的侧面描写之所以精彩，就是他比别人多想了一步，他想到了，如果马蹄上真的沾染了很多的花香会有什么影响。我们都知道，花有花香就会招蜂引蝶，那么蝴蝶自然就是花香带来的影响，画上几只蝴蝶自然会让人有种花香拂面的感觉。

我们再来举几个例子。白居易的《琵琶行》中，在琵琶女精彩的弹奏之后，“东船西舫悄无言，唯见江心秋月白”。这里没有说所有听过曲子的人嘴上怎么怎么地赞美，心里有多么的叹服，而是用听了曲子的人们静静的状态来反衬这首曲子的优美。我们如果非常喜欢听一首歌曲，是不是会久久地沉浸其中，再多的夸奖、赞美都抵不上静静地聆听和久久地回味。而白居易就是用了这种方法，曲子结束之后，周围的船上虽然人多但鸦雀无声，那一定是在回味刚才的琵琶曲并沉醉其中不能自拔，一切的声音都不存在，只能看到江心那一抹月光折出的微白。

再比如，《乐府诗集 · 陌上桑》中，形容美女罗敷时，文中通篇大量地采用了侧面描写。“行者见罗敷，下担捋髭须。少年见罗敷，脱帽著帩头。耕者忘其犁，锄者忘其锄；来归相怨怒，但坐观罗敷。”这几句的意思是：走路的人看到了罗敷，把担子放下轻轻地捋起了胡须；年轻人看到了罗敷，赶紧把帽子摘下，重新整理头巾，以引起罗敷的注意，以期望赢得她的好感；耕地的人忘记了自己在犁地，锄地的人忘记了自己在锄地，以至于农活儿都没有干完，回来后相互埋怨对方光顾着看罗敷而荒废了手上的农活儿。我们看到，这篇文字中，没有一句写罗敷怎么怎么漂亮，只是写了看到罗敷的人的反应，这就比直接写罗敷的容貌要往前多想了一步，也就给了人们更多的想象空间，从而对罗敷的美貌产生了更多的期待。

下面，我们用《晏子谏杀烛邹》这个故事来体会一下，侧面描写在写作中的作用和魅力。

嘉庆叔叔写故事

晏子谏杀烛邹

同学，你生过气吗？我想，这个世界上恐怕没有人一辈子没生过气吧。那么，你生气的时候是否还能听得进别人的劝告呢？恐怕所有人都是一样，在盛怒之下，很难听得进别人的劝告，哪怕对方说得再有道理。尤其是有权势的人就更是如此。比如一位国王，如果有人在他生气的时候劝他别做傻事，他恐怕不仅不会听，反而可能会下命令砍了对方的头。这真是太危险了。今天哪，我就来给大家讲一个关于劝国王别干错事的故事。

春秋时期，齐国的晏子是一位非常有智慧的能臣，别看他身材矮小，其貌不扬。齐景公非常仰仗晏子的能力和口才。晏子出使楚国、晋国的智慧故事，千百年来，世代流传。

晏子有一个非常硕大的书房，据说他搜集了天下所有的著名书籍。这一天，他正在书房里看书品茶，突然听到书房外有一个人喊道："晏丞相，晏丞相，快快救命啊！"

听到这喊声，晏子一抬头，看见从门外慌慌张张跑进来一个人。这人帽子也歪了，腰带也松了，满头大汗，上气不接下气。晏子一看原来是同朝为官的一位老大臣，他心想：这老大臣平时非常稳重，怎么今天这样狼狈啊？

晏子忙问：“您跑这么急，是有什么事吗？”

老大臣到晏子桌前端起一杯茶，猛地灌了一口，喘了喘气，然后告诉了晏子他为何如此着急。

原来，齐景公有一个爱好就是喜欢捕鸟，这两天，他有一只非常心爱的鸟飞走了，因此非常生气，要杀负责管鸟的烛邹。大臣们想：烛邹是一个为人谨慎、忠厚的人，就这样被杀了，太可惜了。大家都想替他求情，但是齐景公正在盛怒之下，谁也不敢开口。于是老大臣想到了晏子，晏子是齐景公最倚仗的忠臣，又能言善辩，一定能救烛邹一命。

听了老大臣的话，晏子微微一笑，说：“原来是这件事啊。好，咱们赶紧进宫去吧。”

说完，晏子就随着老大臣一起进宫去了。

到了齐景公所在的宫殿门口，迎面正赶上一群宫女惊慌失措地往外跑，隐约还能听到齐景公怒骂的声音。通禀的宫人战战兢兢地告诉齐景公晏子想要求见。

晏子走进宫殿后，看到满地都是摔坏的书简和茶杯，几个宫女

正在紧张地收拾。齐景公在坐榻上大喊着："一群废物，连一只鸟都看不住。"老大臣见这种情形再也不敢往前走，只有晏子正色往前走去。

晏子向齐景公参拜之后，还没张嘴，齐景公就大喊一声："你是来替烛邹说情的吧？告诉你，没门儿，今天谁替烛邹说情，谁就和他一块儿去死。"齐景公说完，又连拍了几下桌案。

晏子不慌不忙地说："非也非也，陛下，您杀烛邹太对了。我不仅不是来替烛邹说情的，反而是来列数他的三项大罪的！"

听了这话，齐景公觉得很奇怪，他没想到，晏子是来帮他的。他说："好，你给我讲讲烛邹都有哪三项大罪？"

晏子说："在列数烛邹的大罪之前，我想请您把他带上殿来，我必须得当面斥责他，这样才能让他知道自己到底错在哪里。"

听了这话，齐景公的气又消去了一些，他没想到原来有比自己还恨烛邹的人，于是赶紧命人把烛邹带上殿来。

那一旁的老大臣听了晏子的话一头雾水，不知道晏子葫芦里到底卖的什么药。

烛邹被带来之后，跪在宫殿门口浑身上下抖如筛糠。晏子朝着他大喊道："烛邹啊烛邹，你可知罪？"烛邹在地上跪着，吓得一句话也说不出来。

晏子接着说：“烛邹！我来说说你的三大罪状。第一条，你知道陛下此生最好珍禽异鸟，你身为君王的养鸟人，却让鸟跑了，你就是看管不力，就是渎职，这第一条罪行就该砍头。”

齐景公在旁边听了这话，觉得很有道理。

晏子又说：“第二条，那毕竟是一只鸟啊。一只鸟的命和一个人的命，谁轻谁重，谁都知道。但是，就因为你的疏忽，让陛下杀你，这就给我们的陛下造成了分不清轻重的坏名声。”

这一条说完，下面跪着的老大臣更是满头雾水，不知所云了。他心想：晏子啊晏子，你这说的是什么道理呀？

而齐景公似乎也挺不是滋味，怎么感觉这不是在说烛邹，而是在说自己呢？可是，晏子分明还是在冲烛邹发火，并且说得似乎还挺有道理，就只好耐着性子接着听下去。

只听晏子又说道："第三条，陛下杀了你，这件事情一定会传到其他诸侯国的耳朵里，他们都会认为我们陛下是一个只知道爱惜小鸟，却不知道尊重人才的人，天下所有的贤才能人再也不会来投奔我们齐国了。如此一来，你就是一个祸国殃民的大罪人，还不该死吗？真是气死我了，来人，快点把烛邹推出去砍了！"说到这里，晏子瞪着眼睛，跺着脚，好像真的是暴怒至极的样子。

扫二维码
听嘉庆叔叔讲故事

可是，一旁的老大臣已经完全听明白了。晏子这是正话反说，表面上是说烛邹不对，其实是在告诉齐景公如果杀了烛邹会有怎样严重的后果。

不光老大臣听明白了，齐景公也听明白了，连忙挥手说："慢着慢着，晏爱卿，不用再演戏了，我明白你的意思了。来人，快给烛邹松绑，免了他的死罪吧。"

就这样，晏子用自己的智慧和正话反说的方法，在盛怒的君王的刀下，救下了一位忠诚、善良的大臣。

跟嘉庆叔叔练写作

一、试着分析《晏子谏杀烛邹》这个故事里都有哪些属于侧面描写，这些侧面描写，对刻画人物性格、烘托氛围、推进情节起到了怎样的作用？

二、尝试用侧面描写形容一个人的某些性格特点。比如，爱美的妈妈，粗心的爸爸，喜欢看书的某位同学，上课时不遵守纪律的某位同学，等等。

第四个故事：济阴贾人

——铺垫见功力

原文

济阴之贾人，渡河而亡其舟，栖于浮苴之上，号焉。有渔者以舟往救之，未至，贾人急号曰：“吾乃济阴之巨室也，能救我，予尔百金！”

渔者载而升诸陆，则予十金。

渔者曰：“向许百金，而今予十金，无乃不可乎！”

贾人勃然作色曰：“若，渔者也，一日能获几何？而骤得十金，犹为不足乎？”渔者黯然而退。

他日，贾人浮吕梁而下，舟薄于石又覆，而渔者在焉。

人曰：“盍救诸？”

渔者曰：“是许金不酬者也。”

立而观之，遂没。

——《郁离子》

现代文翻译

济阴有个商人，渡河的时候他的船沉没了。他停留在水中的浮草上，在那里大声呼救。有个渔人撑船去救他，还没等到那儿，商人就迫不及待地喊：“我是济阴的富人，如果你能救我的命，我给你一百两金子！”

渔人用船载着他到了岸上，商人却只给了渔人十两金子。

渔人说：“刚才你许诺给一百两，而现在只给十两，恐怕不行吧！”

商人勃然大怒，气冲冲地说：“你，一个打鱼的，一天能赚多少钱？现在却突然得到十两金子，还不知足吗？”渔人只好不高兴地离开了。

又一天，那个富人乘船从吕梁顺流而下，船撞到石头上，又翻了，而那个渔人就在岸上看着。

有人问：“为什么不救他啊？”

渔人说：“这就是那个许诺给人酬金而不履行的人！”

渔人站在那里静静地看着富人被水淹没，死了。

这一节的内容，我们来讲一讲在故事的编写中更为高级的一个技巧——铺垫。铺垫，说白了就是在故事的前边交代出某些内容，以作为推动故事情节发展的要件。铺垫，是故事情节向前推动的必要条件。也就是说，如果缺失了铺垫，故事的情节发展就是缺少逻辑的或者是不合理的。

举个例子，在《四面楚歌》这个故事中，张良让军队高唱楚歌，以动摇项羽军队的军心，从而实现大胜项羽的目的。这里，唱楚歌动摇项羽军心的前提，是刘邦的汉军已经胜券在握，将项羽军队包围在垓下；而项羽一方，几乎是大势已去，只是强弩之末，而且大部分的士兵都已经思乡心切、无心恋战。这个时候，刘邦的汉军高唱楚歌，才可能成为压垮骆驼的最后一根稻草，使项羽的楚军全盘瓦解。如果没有前面的那些铺垫，汉军直接唱楚歌，是不可能达到如此摧枯拉朽的效果的。否则，打仗还需要什么两军对垒，排兵布阵啊，直接让两方军队唱歌不就得了。所以，在这个故事里，失去了铺垫，则失去了情节的合理性。

再比如，《三顾茅庐》这个故事中，徐庶和水镜先生向刘备连番推荐诸葛亮；刘备与关羽、张飞虽经多年征战却未取得属于自己的地盘，都是铺垫；甚至包括对于刘备人物性格的描写，稳重、忠厚、胸怀大志等，这些都是为故事中刘备礼贤下士，不辞劳苦三次拜访诸葛亮所做的铺垫。没有这些铺垫，我们就会觉得刘备做的事情实在没有必要，难以理解。这些铺垫，使得刘备的形象愈发高大，我们对诸葛亮出山的期待之情，也就愈发浓重。

铺垫，当然不只是大量的、连篇累牍的情节，有时候铺垫就是简单的几句话甚至只是一个小细节。比如，鲁迅先生在小说《孔乙己》中写道："中秋过后，秋风是一天比一天凉，看看将近初冬；我整天的靠着火，也须穿上棉袄了。"这样的一句话，却为后文中孔乙己悲惨的遭遇做了环境上的渲染和铺垫，使读者更加清晰地了解到孔乙己在离开人世时的悲惨境遇。

铺垫，以内容分类主要可分为三个类型：

1.背景铺垫，即向读者或观众交代故事发生的大背景。这些内容包括历史时代、政治境况、军事情况，甚至还包括故事发生之地的风土民情等。前面所提到的《四面楚歌》，先交代刘邦、项羽双方的军事情况，即属于背景式铺垫。再比如《太公钓鱼，愿者上钩》，故事的开头先介绍商纣王的荒淫无道、百姓民不聊生，是为后文姬昌想要推翻商朝，寻找人才做的铺垫。

2.环境铺垫，即向读者或观众介绍故事发生之时的客观环境。这些内容包括天气情况、居家摆设，甚至包括主要人物的某些重要配饰等。比如：《水浒传》中的"风雪山神庙"一段，前面提到了林冲住的草棚"四下里崩坏了，摇振得动"，是为后面大雪压坏了草棚，林冲没有了住处才夜宿山神庙做的铺垫。少了前面看似不起眼的铺垫，就不会有后面林冲逃过一劫、怒杀陆虞候等情节。

3.人物性格或心理铺垫，即向读者介绍人物的性格或者心理变化过程，以使读者或观众更好地理解人物的行为。如《红楼梦》中，贾宝玉和林黛玉初次见面时，彼此的内心就觉得对方是"旧相识"，这样的内心动作，为此

后两人的感情纠葛做出了非常重要的铺垫。

在铺垫中，有一种类型非常独特，以其独到的魅力深入人心、影响深广，优秀的作家都非常喜爱使用这种铺垫，读者对此也是津津乐道、乐此不疲。这种铺垫就是——伏笔。

伏笔是铺垫的一种，因此具有铺垫所有的特点，没有伏笔中提到的内容，情节将无法进行或者进行得不合情理。但伏笔相对一般铺垫而言又有自己的典型特点。伏笔，在前面交代的时候更加隐晦和含蓄，让人看上去似乎与主题无关，好像是闲来一笔，但当后面的内容与伏笔相互辉映时，我们又会豁然开朗，发现伏笔的精妙和作者的匠心独运。比如《西游记》中“偷吃人参果”的故事，孙悟空第一次打下人参果时，果子落地就消失了，后来土地爷告诉他这是因为人参果“遇土而土”，孙悟空才用衣服又接了三个。这一点，看似是土地爷在告诉孙悟空人参果的秘密，但实际上则是一道伏笔。到了后来，清风、明月发现人参果丢失，非说孙悟空偷了四个，可孙悟空却只承认偷了三个，导致双方的误解更深，这个时候猪八戒还添油加醋，说大师兄自己先偷吃了一个。这样的误解，悟空解释不清，因此恼羞成怒，一气之下推翻了人参果树。这样的构思非常巧妙，令人叹为观止。

还是拿《西游记》举例子。第七回“大闹天宫”中，孙悟空被太上老君在八卦炉中炼了七七四十九天，最终炼成了金刚不坏之身和火眼金睛，孙悟空之后跳了出来，并且踹翻了八卦炉，炉砖都翻了出去。这一笔留在这里，所有人都不会注意到，这炉砖翻出去除了形容当时孙悟空的气愤之外，还有什么意义。可是，在第五十九回“火焰山”的故事里，谜底才揭晓，从当地的土地爷嘴里，师徒四人得知，原来当年孙悟空踹翻八卦炉时掉落的炉砖，到了人间，就成了这八百里火焰山。这是多么大的气魄，多么高超的想象力啊！

下面我们就通过《济阴贾人》的故事，具体来看一看，铺垫是如何运用在一个故事中的。

嘉庆叔叔写故事

济阴贾人

古时候，在济阴这个地方有一位商人，他非常会做生意，只要是挣钱的买卖他都做。而且这个商人的脑子非常灵光，嘴巴特别好使，常常是事前说一套、事后说一套，翻手为云，覆手为雨，把对方耍得团团转，自己从中谋利，真的赚了不少钱。

有一次，他到很远的地方去做生意，身上背着一大包钱。眼看要过一条大河，河水湍急，深不见底，河上又没有浮桥，商人为难了，忽然他看到不远处有几个人躺在河岸边晒太阳，他们都穿着小

坎肩，下身是一条不及膝盖的短裤，全都光脚不穿鞋。商人一看就明白了，他们肯定是当地的渔民。他就走过去，说："我想过河去，你们谁能把我渡过去啊？"

那几个渔民中，有一个约莫二十七八岁的青年汉子直起身子说："这位客官，您也看见了，那河水本来就非常急，前两天又刚下过大雨，水势太强。我们连鱼都不敢打，怎么帮你渡河啊？等过两天，水势下去了，再说吧。"

商人却不死心："不行，我有急事一定要今天过河。你们谁的水性好，渡我过去，我给他一两金子。"边说着话，商人边从随身的包袱里掏出一两金子在众人面前晃了晃。要知道，这一两金子在当时可够珍贵的，这些渔民全靠打鱼为生，一辈子恐怕也见不着这么多钱啊。

那几个渔民虽然知道这酬劳诱人，可是又看看那好似一条游龙一般迅猛的河水，摇了摇头都退却了。

这时候只听见一个懒洋洋的声音传来："你真的会给钱吗？"

商人循着声音看去，原来是一个躺在不远处的脸上还蒙着个斗笠的大汉。大汉慢慢摘下蒙在脸上的斗笠，露出一张黑亮亮的脸膛，看上去约莫三十多岁，用一双炯炯有神的眼睛看着商人。

商人被他这么一看，眼神立刻闪烁起来。为什么呀？商人原本是这样计划的，我若能过到对岸，我就来个死不认账，最多一钱金子了事，可是现在那个渔民却用这样的眼神看着我，好像已经看穿了我的心思一样。商人因此有些心虚了。

商人虽然心虚，但还是咬紧了牙关说：“没错，到了河对岸我肯定给钱。”

谁知那渔民却说：“不行，我想先要钱。”

“那不成，我要是先给了你钱，你又不渡我了该怎么办？”商人说。

这个时候，最先搭话的那个青年汉子说：“这位客官，我们这位大哥叫于四哥，是我们全村水性最好的，除了他谁也没把握把你渡过去。只是他有个脾气，那就是说一不二，不管是他答应别人的事，还是别人答应他的，只要定了就坚决不许改。他是个最讲信用的人啦。你放心吧！”

这时候，商人又看了看于四，那身量比一般的人要高得多，手上都是茧子，甭问准是划船时船桨磨的；一双大脚，就像一副船桨一样。往脸上看，这个于四一双棒槌眉，一对铃铛眼，高鼻梁，大嘴巴，十分忠厚的相貌。商人相信这个人不会撒谎，可是，商人可不想真的给对方那么多钱啊。

商人又看向了那条大河。此时，河水好像没有刚才那么急了。

他看到不远处的岸上有木船，于是说道：“不行，我不信你们。我不雇人了，我花钱租条船，自己划过岸去。”

一听这话，青年汉子说：“什么？你要自己划过去？真是说梦话啊。你这么一个商人，怎么可能……”

那个于四慢慢悠悠打断他的话说：“没关系，只要他能划得过去，就把那条船送给他了。”

一听这话，商人可乐坏了：“这可是你说的。”

于四也不说话，就那么静静地看着商人。

商人一看自己能够渡过河去，还可以白得一条船，就连忙紧了紧身上的包袱，然后把一条船拖进了河里。

那些渔民又要喊些什么，却被于四一伸手拦住了。

商人咧着嘴，拿起桨就往河对岸划去。开始几下子，他划得真不错，很快就接近河中央了。商人心想：划船看来也没有什么嘛。刚想到这，突然河中央出现一道旋涡，并且旋涡越来越大，很快就把这条船卷了起来。眼看船就要被卷进旋涡，商人当时就傻了，看来自己真的不行啊，自己不会游泳，这要是掉下去可就没命了。他连忙冲岸上大叫：“快救救我，快救救我！”而岸上的渔民们，则一副事不关己的架势站在那看着商人。

就在旋涡即将把小船卷进去时，商人看到就在不远处有一块面积不小的浮草，他就壮起胆子玩命往前一跳，落水后又玩命扑腾了几下，居然抓住浮草且爬了上去。可是刚一上去，他就发现，这浮草根本就支撑不住自己的身体，自己正以很快的速度往下沉。

这时候，商人又往岸上看去，他没想到的是，于四此时正撑起一条小船，就像离弦的箭一样，从岸边奔向了自己。

商人可高兴坏了，看来这个于四真的是个善良的好人啊。哪知，好景不长，那于四快到商人跟前时，却被那个旋涡给拦住了，他似乎犹豫着是否过去救商人。

这时候，商人又想：嗐，这世上哪有什么真好人啊？看看这个人，这不是明显想跟我要救命钱吗？我赶紧喊出个价格来，让他赶紧来救我吧。

于是，商人喊道："快来救我，只要能把我救到岸上，我就给你十两……不……三十两……不……五十两……不不不……一百两，对，一百两金子！"商人刚喊完这一句，那于四正好冲过旋涡，来到了浮草跟前。

于四将船桨递过去，让商人抓住。可是那商人早已经手软脚软，连伸胳膊的力气都没有了。眼看浮草就要完全沉下去了，于四心中一横，跳入水中，一只胳膊搂着商人，另一只胳膊拼命往最近的岸边划去。好不容易划到了岸边，两个人都累得瘫在地上半天动弹不得。过了好久，两个人才慢慢地缓过劲儿来。

商人从岸上坐起来一看，高兴坏了，因为他发现自己已经到了河对岸了。也就是说，他现在完全可以直接拍拍屁股走人了。可是，他又看了看身边已经累坏了的于四，就很不情愿地从身上的包袱里拿出十两金子，扔在了于四的身边。然而，商人起身刚想走，却被一只大手抓住了。

"你不是说要给一百两吗？"

"额，这个……"看着于四抓着自己的手，商人有些怯怯地说：“一百两？你怎么那么贪心啊？就算你们全村人的家底凑到一起，也没有一百两金子吧？更何况十两金子已经不少了，你就是辛辛苦苦干上十年，也挣不了这么多啊？十两，不能再多了。做人不能太贪心！”

听了这话，于四气坏了。本来他并不是图这点儿钱，而是看到商人真的有性命之险，才来救他，哪知道最后自己落了个贪心的名声。于四猛然间举起拳头，要打商人。

商人吓得一扬胳膊，挡住了脸。过了半天，商人发现自己没有被打。

于四一挥手，说：“你走吧。”

商人如蒙大赦，连忙就跑。商人刚跑了两步，于四在后面大喝一声：“慢着。”这声音就像一声炸雷，吓得商人一缩脖子。

于四走了上去，一把抢过商人手中那十两金子：“哼，这该是我的！”说完转身走了。

商人看着远走的于四，心终于沉了下去，转身便朝自己要去的地方走了。

过了些天，商人做生意回来，又来到这条河边。这次他吸取了上次的教训，早早地就雇了一个船夫和一条船。商人坐在船上，开始还很顺利，小船划得又快又稳。商人心中盘算着这一趟又是买又

是卖，真是狠狠地赚了一笔。想到这里，商人的嘴角不由自主地露出了一丝笑容。他正高兴着呢，突然一阵疾风吹过，瞬时乌云四起，大雨倾盆。这个时候，小船正走到河中心，船夫只能拼命地往前划。可是，河上的风起来得极猛，眨眼间就掀起了两三米高的大浪。大浪打过来，小船直奔下游而去，突然河中央出现了一块巨石，小木船被巨大的力量拍在了石头上，“咔嚓”一下子就被打散了。商人和船夫都落了水。商人眼疾手快，抓住了那块凸出来的巨石，船夫则玩命地往岸上游。商人冲船夫喊道：“你救救我，我给你钱，很多的钱。”

扫二维码
听嘉庆叔叔讲故事

船夫回头冲商人喊道：“我可没有那么好的水性，我能游到岸边就算命大了。”说完，船夫又努力向岸边游去。

商人以为自己就要被困死在这块大石头上了，突然，他看到岸边有几个熟悉的身影正看着他。原来就是于四和那几个渔民。商人拼命地朝他们喊道：“你们救救我，救救我！我给你们钱，我给你们我所有的钱，足足有上千两金子啊！”

这时，岸边看向商人的渔民中，一个青年汉子冲一位中年大汉说道：“于四哥，那个商人做生意回来了，肯定赚了不少的钱。咱要不救救他吧？”

于四看着河中央垂死挣扎的商人，慢条斯理地说道：“不，不管他，我于四最恨说话不算数的人。他骗过我一次，我就再也不会信他第二次了。”

刚说完这句话，河中又起了一个大浪，将石头上的商人卷入了水里。

跟嘉庆叔叔练写作

试分析《济阴贾人》这个故事里，都有哪些地方用到了铺垫的手法，这些铺垫都属于哪种类型的铺垫？

玩着玩着就会了

游戏：故事接龙。

1.至少两个人，至多不限。

2.由第一个人编出一个故事开头，要求有时间、地点、人物等故事的基本要素。

3.按照事先规定好的顺序，后一个人接着前一个人未说完的故事，编出新的情节。

4.前一个人说完后，要另外说出一个新的事物，后面的人必须在故事情节中合理地带入这个事物。

第五个故事：老马识途

——读万卷书与行万里路

原文

管仲、隰朋从于桓（huán）公而伐孤竹，春往冬返，迷途失道。管仲曰："老马之智可用也。"乃放老马而随之，遂得道。行山中无水，隰朋曰："蚁冬居山之阳，夏居山之阴，蚁壤一寸而仞有水。"乃掘地，遂得水。以管仲之圣而隰朋之智，至其所不知，不难师于老马、老蚁，今人不知以其愚心而师圣人之智，不亦过乎？

——《韩非子·说林上》

现代文翻译

管仲和大夫隰朋随齐桓公一同前往攻打孤竹。齐军是春天出征的，到凯旋时已是冬天，最后迷了路。管仲说：“老马的智慧是可以利用的。”于是放开老马，军队跟随着它们，终于找到了回去的路。走到山里没有水，隰朋说：“蚂蚁冬天住在山的南面，夏天住在山的北面。如果蚁穴有一寸高的话，地下八尺深的地方就会有水。”于是挖掘山地，终于找到了水源。

管仲那么精明通达，隰朋也有卓越的聪明才智，碰到他们所不知道的事，也不惜向老马和蚂蚁学习；而现在的人却不承认自己愚昧、不知道学习和吸取圣人的智慧，不也是过错吗？

同学们，这本书讲到这里，已经到了最后一个故事了。这次嘉庆叔叔不想讲什么具体的技巧啦、原则啦之类的，而是想谈一谈，我对故事写作的一点儿思考。

记得嘉庆叔叔在初学语言艺术的时候，曾经被老先生传授过这样一段话：任何一门艺术形式，都需要经历三个境界，那就是先无法，再有法，最后再到无法。这个说法，看似很深奥，好像完全听不懂。下面嘉庆叔叔就以故事创作为例，给你解释一下，你就明白了。

首先我们得明白，什么叫“法”。这里的“法”，就是原则、技巧、规律、手段等。还有一种说法，这个“法”就是指一切的技术。

先无法，意思就是说，刚开始学习写作的时候，完全没有方法，不知道该如何落笔，不知道先写什么后写什么，也不知道怎么写才能更生动、更有趣，甚至不知道该怎么结束、怎么收尾，也就是完全没有“法”的状态。

再有法，意思就是说，随着练习越来越多，领悟越来越深，积累了越来越多的技巧，明确了越来越多的原则，掌握了越来越多的规律，知道了越来越多的手段，也就是自己能够运用的“法”越来越多，而且越来越熟练。这种情况下，一个题目刚刚拿到手，我们马上就能反映出：该用什么样的叙述顺序，故事的开头、结尾如何设计，主要人物如何塑造，情节线索如何展开，再也不会为不知道该如何下笔或者缺乏手段、方法而恐惧、担忧。

最后再到无法，就是说，当训练达到一个非常巨大的量了（嘉庆叔叔在初学的时候，一个故事反复创作，并练习上百次是很常见的），慢慢地就会发现所有的技巧、原则、规律……似乎都已经忘却了，但是不论做什么样的作文、故事，都得心应手，手到擒来，甚至不用打草稿，就胸中自有丘壑，脱口成章，引人入胜，似乎完全不用按照“法”的规定来创作，但如果仔细分析和揣度，却又完全没有脱离那些曾经的“法”。

嘉庆叔叔的这本书，所能够帮助同学们达到的是从无法进入有法的境界。真正进入到最后“再入无法”的境界，那就谁也帮不了你了，只能靠你

自己。但这条路，也同样是有方法的，那就是“读万卷书与行万里路”。

读万卷书，指的是不断丰富自己的知识，多摄取各个领域的信息，对一切好的、向上的书籍，多阅读并且多思考。正所谓博览群书、开卷有益。

行万里路，指的是不光要读书、思考，还要多实践、多尝试。就像游泳，记住再多的要领，看再多的人下水，自己没有在池子里扑腾过、呛过水，是根本不可能学会游泳的。行万里路，还有一个内涵，就是要对世界充满好奇，不断开阔自己的眼界，放宽自己的心胸。这样，才可以使我们的创作立意更加高远，眼光更加独到。

下面，我们就用《老马识途》这个故事，来和大家具体探讨一下，古圣先贤是如何“读万卷书、行万里路”的。

嘉庆叔叔写故事

老马识途

春秋时期，齐桓公是诸侯中的翘楚。有一年，北方的部族山戎侵略燕国边境。为了击退山戎，燕国向齐桓公求援。齐桓公亲自披挂上阵，御驾亲征。齐国大军势如破竹，不仅帮燕国赶跑了山戎，还一举消灭了山戎的另外两个盟国——孤竹和令支。但是，齐桓公带领大军凯旋的途中，却出了大麻烦。

齐军出征时还是春天，这仗打了将近一年，要回家的时候已经是冬天了。一路上，冬天的风沙吹打在士兵脸上，像刀子一样割着皮肤。渐渐地，行军的速度慢了下来，几乎只相当于来时的一半。走着走着，坐在车中的齐桓公撩起了车帘，看到周围的情景皱了皱眉头，赶紧让随从把相国管仲叫过来，说道："爱卿，我怎么觉得这里这么眼熟啊？这个地方咱们是不是曾经来过？"这时的管仲完全无法骑马，一手遮挡着风沙，一手牵着马缰，说道："正是，微臣刚才也发现，这条路我们两天前曾经走过。我问了一个孤竹当地的士兵，他说……他说……"

齐桓公看管仲有些支支吾吾，急忙问道："说什么？"

管仲连忙凑得更近些说道："他说，这里名叫旱海，又叫迷谷，是无边的沙漠。如果迷了路，很少有人能从这里走出去。"

齐桓公听到这话可就更急了，叹道："我们的大军行进十分艰难，现在又被困迷谷，走不出去，这可怎么办哪？爱卿，你赶快想个办法啊！"

管仲连忙说道："陛下不必心急，我已经有了应对之策。"

"哦？是什么办法？"

“陛下，您往那边看。”说着，管仲用手一指队伍的最前面。齐桓公顺着他的手看去，只见三五匹老马正慢慢悠悠地走在队伍的最前方，也没有人牵着他们的缰绳，任它们自由地款步而行。这几匹老马一会停下步子，低头仔细地闻一闻，一会又抬起头来向前走一段。

齐桓公不明就里地看向管仲：“相国，这是何意？难道我们正跟着这些老马往前走吗？”

“正是。”

“什么？人都走不出去，马能行吗？”

“陛下莫慌，反正咱们现在也没有别的办法，不如由这几匹老马当向导，说不定还有一线希望。”

齐桓公听了这话一想，也是这个道理，就只好由着队伍跟在老马的身后往前走。令他没有想到的是，在将到天黑的时候，队伍居然真的走出了沙漠，走上了一条山路。齐桓公欣喜万分。

到了晚上，齐桓公把管仲叫到身边问道：“相国，你是如何知道这些马能够带领我们走出沙漠的呢？”

管仲深施一礼道：“陛下有所不知，我们人认路是用眼睛，而这马的耳翼宽大、鼻息灵敏，故而可以用听觉和嗅觉来认路，所以它们认路比我们更准。”

听到这话，齐桓公先是点头，进而又想到了什么，接着问道：“可是，所有的马匹都是第一次进入那片荒漠，你为什么不用年轻的骏马而要用老马呢？”

管仲略微一笑说道：“一匹马，尤其是战马，经历过千难万险，跑过千山万水，年龄越大，所走过的路自然也就越多，也就越容易辨清方向。”听了这话，齐桓公若有所思地点了点头。

又过了几天，齐桓公一行离开了荒漠，风沙已经小了很多。这天，车中的齐桓公刚喝掉了水袋里最后一口水，还是觉得嗓子眼儿干得冒烟。他生气地将水袋往车外一扔，喊道：“为什么寡人的水就只有这么一点儿？”

这时，车外的侍从战战兢兢地说道：“陛下，我们的水已经不多了。咱们的很多士兵和马匹已经一天一夜没有喝水了。”

“什么？”听了这话，齐桓公吃惊不小，掀开车帘子往外一看，那个侍从的嘴唇已经干裂得渗出血来。周围的人也都不断地吞咽口水，喘着粗气，而且都踉踉跄跄，行走艰难。这一下，齐桓公真的急了：“这么大的事，你们怎么不早说？快去请相国来。”

话音刚落，管仲正好走到车前，说道：“陛下，您呼唤微臣，可是为了水？”

齐桓公一听这话，连忙说：“寡人正是为这个事情心焦啊。莫非，你又有了办法？”

管仲连忙一躬到底：“微臣不敢贪功，这一次是隰朋大夫出的良策。”

扫二维码
听嘉庆叔叔讲故事

管仲往旁边一闪，一个年轻的大臣手里捧着一抔干土走了上来：“微臣隰朋见过陛下！”说完就要下跪。

齐桓公一看见隰朋，心里就高兴了。他也是一位足智多谋的大臣，在这次讨伐山戎的战争中，也曾出谋划策，为齐军的大胜而归立下了汗马功劳。齐桓公一看他要下跪，忙道："罢了罢了，爱卿有何良策以解我军缺水之危啊？"

隰朋走到跟前，举起手中的土对齐桓公说："这计策就在这里。"

齐桓公一看，这土颗颗粒粒的没有什么特别啊！不由得皱起眉头，忙说："爱卿就别卖关子了，赶紧告诉寡人，这是什么呀？"

隰朋答道："这是蚁山。"

"蚁山？不就是蚂蚁窝露在地面以上的部分吗？"齐桓公说道。

"陛下所言正是。这蚂蚁生活极其规律。微臣曾听说，夏天，蚁穴会建在山的南面，冬天会建在山的北面，并且大的蚁穴都是依水而建。凡是地面上的蚁山能够达到一寸以上的，地面以下七八尺的距离，则必然有水。"

一听这话，齐桓公的脸上立刻露出了欣喜的笑容："真的吗？"

"就在刚才，微臣尝试着挖了一个蚁穴，果然在七尺深的地方挖到了水源。"

正在这时，旁边有士兵拎过来一个木桶，桶中的水黄乎乎的，很明显还有很多的泥土。

隰朋接着说："刚刚挖出的水混着泥沙，但只要用布沥去杂质就能饮用了。”说完，隰朋用一块布沥去了桶中的泥沙，一桶清冽的水便呈现在眼前了。

齐桓公大喜，忙令隰朋把这个方法教给了所有的士兵。很快，大家都找到了蚁穴，挖到了水。齐国大军又一次化险为夷。

经过短暂的休整后，大军又一次重整旗鼓，向着齐国进发。

写在后面

在最后，嘉庆叔叔再和同学们聊几句题外话。在这本书中，我跟大家讲述的都是写故事的方法和技巧，所采用的材料都是一个个成语、寓言或者历史故事。虽然，每个故事的古文原文往往只有十几个或几十个字，但毕竟也是有了一定的情节和人物基础的。所以，在前面嘉庆叔叔也讲过，这种建立在一定基础之上的创作，叫作二度创作。很多同学说了，我们想写自己纯原创的故事；还有的同学说，我们写作文的时候，常常是只有一个简单的题目，那么该怎么办呢？

面对这样的问题，嘉庆叔叔要说的就是，世界上没有包治百病的灵丹妙药，更没有能够打开所有门锁的万能钥匙。关于如何从零开始，创作一个故事、一篇文章，那又是一个非常庞杂的话题了，那完全可以再写一本甚至几本书了。而且，不同题目、不同题材的故事千差万别，就是嘉庆叔叔教给了你一千个构思新故事的方法，也会有第一千零一个题目等着我们来解答和创作。

但是，有一点是确定的，在创作故事和写作文的时候，所用到的技巧和方法，在这本书里已经介绍得足够多了。嘉庆叔叔向大家保证，只要大家真的把这本书里的内容完全领会吸收，并且经过一定量的训练和积累，肯定会成为一个优秀的故事大王或写作小达人。

好啦，关于“写故事练作文”的内容，就聊这么多了。另外，我们写出了一个好故事之后，如何把一个故事通过自己的语言和表演呈现出来呢？欢迎同学们关注我的另外一本书《嘉庆叔叔教你讲故事，练口才》。

最后的最后，祝大家都能成为人见人爱的故事大王、写作达人！